UN263815

ほろ苦くほの甘く

遠野春日

幻冬舎ルチル文庫

C O N T E N T S ✦目次✦

ほろ苦くほの甘く

✦カバーデザイン＝吉野知栄（CoCo.Design）
✦ブックデザイン＝まるか工房

イラスト・麻々原絵里依

ほろ苦くほの甘く

I

1

「須藤《すどう》課長、これ、お願いします」

窓に背中を向ける形で大きめのデスクに着いた須藤に書類ファイルを差し出すとき、充彦《みつひこ》はいつも緊張する。

声が上擦って聞こえなかっただろうか。

自然な表情と態度を保てているだろうか。

胸の鼓動が速まっているのを気づかれるのではないかと、ひやひやする。

須藤は顔を上げて充彦をまっすぐに見据え、腕を伸ばしてファイルを受け取った。

「急ぎ？」

「はい、すみません」

「べつにきみが謝ることはない」

長い指でファイルを開き、須藤はおかしそうに口元を緩めた。

整った顔に爽やかな笑みが浮かび、充彦は性懲りもなくドキリとする。

充彦が勤める株式会社ＫＡＫＵＤＡは、国内では五指に入る大手総合商社である。勤続五年目の充彦は生活スタイル部に籍を置く中堅社員だ。担当商品はドレスシャツ。ＫＡＫＵＤＡが力を注いでいる市場の一つで、商品の企画から素材の調達、生産に至るまで一貫して手がけている。

須藤斎《いつき》が大阪支社から東京都千代田区にあるここ本社に異動してきたのは、昨年九月のことだ。充彦は丸一年須藤の下で働き、出勤するたびに顔を合わせて言葉を交わしていることになる。

もういい加減慣れてもよさそうなものだが、こうしてちょっとした用事で須藤の傍《そば》に行くたび、二言三言言葉を交わすたび、心臓が騒ぎだす。

いつの間に須藤をこんなふうに意識するようになったのか、充彦にも定かでない。

一年前、朝礼の場で皆の前に立ち、落ち着き払った態度で赴任の挨拶をする須藤を初めて見たときから、新しい上司は感じがよくて仕事がしやすそうだと好印象を抱《いだ》いた。言葉遣いや物腰は柔らかいが、締めるべきところはビシッと締め、上席者としての貫禄《かんろく》も備えた、できる上司。そう感じたのは充彦だけではなかったはずだ。

そもそも須藤は本社に来る前から話題の人物だった。

人事異動が発表されるや、次に来るのは三十歳で課長になったエリートだ、との噂で部署内は持ちきりで、今年三十五だというその新しい上司を迎えるにあたって、四十過ぎの万年係長などは少々複雑そうにしていた。

　学歴や出世の早さを鼻にかけて威張り散らす男だったら面倒くさいな、と正直充彦は内心思っていた。以前他の部署にいたときの上司がまさにそんなタイプで、充彦はしばしば辟易《へきえき》させられた経験がある。プライドが高くて己のミスを絶対に認めず、あろうことか部下に被《かぶ》せて責任逃れをし、上司へのごますりに余念のない男だった。当時まだ新人だった充彦は何度となく理不尽な目に遭わされたものだ。

　そこから現在の部署へ配置換えになり、二年間、凡庸《ぼんよう》だが人は悪くない定年間際の課長の下で平穏な日々を送ってきた。

　その前任者と比べると、須藤の経歴は華やかの一言だ。

　東京の有名私大を出て入社、本社で三年勤めたあとシンガポールに二年間赴任し、帰国後は大阪支社勤務。大阪でも順調に業績を上げ、再び本社に引き抜かれたというわけだ。

　女性陣の間では、「かっこいい」「ハンサム」といった黄色い声が、辞令が下りた直後から上がっていたようだ。何年か前に須藤が社内報に載ったときの写真を見て、かしましく騒いでいたらしい。

　直接本人を前にしたとき、なるほど確かに、と充彦も納得した。

　すらっとした長身に端整な顔立ち、均整のとれた体にぴったり合ったスーツ、糊《のり》の利いたカッターシャツに趣味のいいネクタイと、清潔感に溢《あふ》れ、一分の隙もない。充彦の第一印象は「上等な男」だった。

理知的なまなざしは穏やかに落ち着き払っていて、温厚な人柄を想像させた。浮ついたところのない、実直で真面目そうな人物で、本人は特に目立つことを望んでいない感じがした。日が経つにつれ、須藤の人となりが徐々にわかってきても、おおよそ初めに受けた印象そのままだった。

謙虚で礼儀正しく、部下に接するときにも居丈高な調子にならない。上司におもねることなく言うべきことは言い、成果はきっちり上げてみせる。

どちらかといえば物静かな佇《たたず》まいをしているが、事なかれ主義でおとなしく課長の椅子に座っているわけではなく、いざとなると毅然《きぜん》として上司に意見し、ミスを犯した部下を庇《かば》い、早急に的確な対策をとる。

有能で責任感があって部下思い。ちょっとできすぎじゃないかというくらい、須藤は理想的な上司だ。

当然部下たちの間での評判はすこぶるいい。誰一人須藤の悪口を言う者はいなかった。

充彦は日に日に須藤に惹《ひ》かれていき、いつしか、気持ちの上で一線を越えてしまっていた。

須藤が好きだ。

誰にも悟られぬよう、ひっそり胸の内で想う——。

「うん、いいよ、これで」

最後まで書類に目を通し終えると、須藤は充彦を振り仰いで言った。

その言葉に、充彦はハッとして我に返る。

須藤は課長の捺印欄《なついんらん》にボールペンでさっとサインをした。

書類に添えられた左手の薬指に今日も変わりなくプラチナの指輪が嵌《はま》っている。自然と目が行き、充彦はほろ苦い気分を呑《の》み込む。

須藤には妻がいて、家庭がある。

当たり前の話だ。須藤のような男が、三十五にもなって結婚していないはずがない。周囲が放っておかないだろう。

これもまた女子社員たちの間の噂だが、須藤の妻は清楚《せいそ》な感じの色白美人らしい。生まれも育ちも京都で、実家は代々続いた呉服店だそうだ。須藤は営業で外回りをしていたときにまだ大学生だった彼女と出会い、三年ほど付き合って結婚したと聞く。式を挙げたのが昇進の時期と重なってめでたいこと尽くしだったようだ。

順風満帆な人生を歩いている男、まさにそんな印象だ。

そこに充彦が入る余地はまったく見出《みいだ》せない。

あらためてそのことを嚙《か》み締めつつ充彦は決済をもらった書類を受け取った。

「ありがとうございます」

一礼して踵《きびす》を返す。

そのとき、ふと、こちらを見ている女性社員の視線に気がついた。

営業アシスタントの小峰梨沙《こみねりさ》だ。

小峰は充彦と目が合うと一瞬気まずそうにしたが、すぐににこっと笑って何事もなかったかのごとくパソコン画面に向き直る。

小峰が見ていたのは須藤だ。充彦に視線を移す直前まで、彼女の化粧で大きく強調された目は間違いなく須藤に向けられていた。物怖《お》じしない女性が含みを込めたまなざしを須藤に注ぐ様は、充彦を不穏な心地にした。

須藤はもてる。既婚者とわかっていても「いいなぁ」と言っている女子社員は結構いるようだ。憧れの上司であり、理想の男性らしい。

充彦にしてみれば、そうした想いを仲間内で気易く口にできる彼女たちが羨《うらや》ましい限りだ。もともと充彦は同性にしか恋愛感情を持てない性指向で、これまで付き合ってきた相手もすべて男だが、さすがに職場恋愛はしないだろうと思っていた。自戒してもいた。

しかし、いつどこで誰を好きになるかは予測不能だ。恋情は制御できない。できるのは、気持ちを自分の胸の内に収め、相手の心までは求めずにいることくらいだ。

正直、ときどき苦しくなるときもあるが、会社に行けば須藤に会える、言葉を交わせるというだけで嬉しく、日々の生活に張りと輝きが増えた。

何も望まない。ただ見ているだけ。部下として認めてもらえればいい。そう自分に言い聞かせている。

席に戻ってスリープ状態になっていたパソコンを起こす。

一つ置いた隣の席に小峰が座っており、何気なく彼女のほうを見ると、パソコンを打つ手を休め、またもや須藤を見つめている。小峰が視線を向けている先には須藤の課長席があるだけで、勘違いしようもなかった。

なんとなく冗談ではすましがたい熱の籠《こ》もりようを感じ、充彦は眉間《みけん》に皺《しわ》を寄せた。

小峰は美人でスタイルもいいし、何より積極的で我を通すタイプの女性だ。気の強そうな顔立ちにきつめの性格が表れている。自分に相当自信を持っていて、プライドが高く、負けず嫌いだ。

恋愛をゲームのように愉《たの》しむのが快感だと、いつだったかたまたま一緒に飲んだときに言っていた。一筋縄ではいかないハードルの高い相手により燃える、狙《ねら》いを定めたら絶対おとすと決めている、と。

小峰が須藤をマークしているのは前から感づいていたが、最近それがますます顕著になったようで気になる。須藤は浮気などしそうな男ではないから心配するには及ばないと思うのだが、小峰の強引さ、簡単には諦《あきら》めそうにない粘り強さは侮りがたく、うっかり流されないとも限らない。須藤のことだから、小峰を傷つけたくないと考えるだろうし、優しい性格からしても邪険にしづらいのではないかと思う。須藤を煩わせかねない小峰の動向は充彦にとって腹立たしく、もしかすると嫉妬《しっと》も交じっているかもしれなかった。

できれば小峰には須藤以外の男をターゲットにして欲しいと思うが、今のところほかに食指を動かす相手がいないらしい。充彦などは端《はな》から対象外のようだ。小峰の注意を須藤から逸《そ》らせるなら自分を餌《えさ》にするのもやぶさかでないのだが、そうもいきそうにない。

小峰の動向を気にしながら仕事を進め、一区切りついたところで充彦は再び席を立った。係長席の後ろにある多段ボックスに処理した書類を分けて入れ、フロアを横切って廊下に出る。

そのとき課長席にちらりと視線を流してしまったのは癖のようなものだ。

我ながら未練がましいと思う。

報われる可能性はほぼないとわかっていながら惹かれ続けている自分が嫌だ。しかし、こればかりは自らの努力でどうにかなるような類《たぐい》のことではなく、気持ちが薄れるのを待つ以外にない。

須藤は粛々と書類をチェックしていた。

俯《うつむ》けた顔と黒くて艶《つや》のある髪を目の隅に入れた途端、胸の奥がじんと震え、熱を持つ。

こうしてこっそり姿を見られるだけで嬉しい。同時にまた罪悪感も湧《わ》く。須藤は部下にこんな邪《よこしま》なまなざしを向けられているとは夢にも思わないだろう。

廊下を挟んだ向かいに社員が休憩をとるための部屋がある。

リフレッシュルームと呼んでいるその部屋には自動販売機が数台とエスプレッソマシンが備え付けられており、ときどき出張から帰ってきた社員がお土産に買ってきた菓子類の箱が置いてあったりもする。

充彦がドアを開けて入っていくと、中には隣の課の女子社員が二人いて、充彦を見るなりぴたっと口を閉じた。

何やら気まずい雰囲気だ。

どうやら充彦の話でもしていたらしい。

自分自身のことなのであまりよく把握していないのだが、充彦もまたしばしば女子社員の噂の的にされているふうだ。

美貌《びぼう》に感嘆する声がもっぱらで、「綺麗《きれい》すぎて近寄りがたい」「観賞用の男」などと評されている、と小耳に挟んだことがある。

それ自体は光栄な話だが、幸か不幸か充彦はもてた経験がない。学生自体から、遠巻きにされて憧れられるだけで終わるタイプだ。気が引けてとても誘えない、傍に行って話しかけるだけで緊張する、とまで言う女性もいるそうだ。

リフレッシュルームに先にいた二人は互いに目と目を見合わせ、「えっとさぁ……」「う、うん、なんだっけ？」などとぎこちなく言い交わしている。

本当はここでエスプレッソを飲んでいくつもりだったのだが、これは早々に退散したほうがよさそうだと諦め、充彦は缶入りの緑茶を買って出た。

この先にここよりずっと狭くてベンチが置かれているだけの休憩室があるので、そこで飲むことにする。そちらは一昨年《おととし》まで喫煙ルームとして使用されていたのだが、全社禁煙の通達が出されて以来、ほとんど利用する者がない。置き場所のない段ボール箱が部屋のあちこちに雑然と積み重ねられていて、ほとんど倉庫と化している。中身は古い試供品や販促用のグッズなどで、今さら誰も気にかけないものばかりだ。

案の定、元喫煙ルームには誰もいなかった。

段ボール箱を避けて奥のベンチに辿《たど》り着き、腰掛ける。

席で飲まずにわざわざこんなところに来たのは、須藤が目に入る場所から少し逃げていたくなったからだ。

近くにいるとどうしても気になって、たまに仕事が上の空になることがある。

さすがにそれではまずいので、こうして須藤の傍を離れ、気持ちを落ち着かせている。

充彦なりの自制だった。

2

おまえの人生は幸せいっぱい、恵まれすぎじゃないか、と須藤はしばしば周囲の人たちから羨望《せんぼう》を込めて言われる。

確かに、中学受験に始まり、高校、大学とストレート、就職先も国内で五本の指に入る大手総合商社で、入社後の出世も早いほうと、とんとん拍子に歩んできた自覚はある。

須藤としては、そのつどやるべきことをしてきただけで、特別優秀なわけではない。どちらかといえば不器用で、こつこつと努力する以外にどうすればいいかわからなかったのだ。人としても別に面白みがあるほうではなく、むしろ退屈なくらいだろう。

趣味らしい趣味も持たず、休日はもっぱら家で本を読んでいるか、レンタルのＤＶＤソフトを鑑賞するかだ。

結婚前は妻といろいろな場所に出かけたが、一緒になってからはそうした機会も減り、二人で外食することもめったになくなった。一つには、須藤が課長職に就いて忙しくなったせいもある。連日の残業に加え、休日も会社に出たり、持ち帰った仕事を片づけなくてはならなかったりで、自分の時間が思うように作れなかった。

それだけが原因ではないのだろうが、六歳年下の妻との関係は、結婚後一年も経たないうちにぎくしゃくし始めた。

妻は老舗《しにせ》の大店《おおだな》の末娘で、いわゆるお嬢様育ちだ。和服の似合う、整った顔立ちをした女性で、立ち居振る舞いにも品がある。京都弁でおっとりとした話し方をするが、性格ははっきりしていて、我が強い。

現在、須藤が単身赴任なのも、妻が頑として東京に住むことを拒んだからだ。

周囲の勝手な想像を裏切ることになりそうだが、夫婦仲は決して円満ではないと思う。子供もいないし、恋愛感情はすでにお互い薄れている。二人を結ぶ絆《きずな》はほぼ存在しないと言っていい。

今でも妻のことは嫌いではないが、愛情を強く感じるかと聞かれれば返事に詰まる。おそらく妻の側も似たようなものだろう。

須藤は元もと関東の人間で、大学の四年間は都内で一人暮らししていたので、本社への転勤命令をなんの抵抗もなく受け入れられた。大阪支社の管轄する関西一帯も嫌いではないが、より肌に合うのはやはり地元のほうだ。

家事全般そこそこにこなすし、一人で過ごすのも苦ではないため、今の生活に不自由はしていない。寂《さび》しいと感じたこともなかった。

須藤は仕事が好きだ。

働いているときが最も落ち着く。やりがいがあって楽しいとも思う。

野心家ではないのでこれ以上の昇進を望みはしないが、結果として会社に認められるのは嬉しい。張り合いも出る。部下にも上司にも恵まれていて、ありがたいと感謝していた。

会社は基本、九時半から六時までが勤務時間だが、早朝から出社することもあれば、真夜中まで残っていることもある。

八時や九時といった中途半端な時刻に仕事を終えた日は、しばしば馴染《なじ》みの居酒屋で食事をする。これから帰って料理を作るとなると億劫《おっくう》で、ついつい外食になりがちだ。

普段は通勤に地下鉄を利用するのだが、そこに寄るときは会社から十五分かけてJRの駅近くまで歩く。

高架の向かいに『とみ岡』と記された行灯《あんどん》を掲げたこぢんまりとした店がある。

格子戸を開けて入っていくと、カウンターの中で立ち働いている亭主が「いらっしゃい」とよく通る声で迎えてくれる。

須藤は軽く会釈して沓脱《くつぬぎ》で靴を脱ぎ、畳敷きの店に上がった。

すぐに店員の女性がやってきて、靴を片づけてくれる。

「いつもの席、空いてますよ」

馴染みの店員に「どうぞ」と促され、奥へ進む。

八人ほど座れるカウンターの端が須藤の定位置だ。この店に来るときはたいてい一人で、テーブル席に着いたことはない。常連も多いようで、なんとなく顔見知りという客にちょくちょく会うが、お互い特に挨拶を交わすでもなく、それぞれに飲んだり食べたりして過ごす。

そんな気を遣わずにすむ雰囲気が須藤には楽で、居心地がいい。

「三日ぶりですね。お仕事、今、お忙しいんですか？」

おしぼりと品書きを持ってきてくれた店員が話しかけてくる。この店に二人いるフロア担当はどちらも愛想がよくて親しみやすい。

「うん、ちょっとバタバタしていたかな」

須藤は屈託なく返し、この店でよく注文する料理二品と、冷酒一合を頼んだ。

プロの料理人の手による気取らない家庭料理の数々は、いずれも美味《おい》しく、値段も手頃だ。

週末とあって、店内はほぼ埋まっている。

適度なざわめきに包まれ、辛口の冷酒を飲みながら先付けの小鉢に箸《はし》をつける。

しばらくすると、須藤の隣に座っていた男女二人組の客が会計をすませて席を立った。

「毎度ありがとうございました」

亭主の声が耳朶《じだ》を打つ。

「すみません、席替わっていいですか？」

背後のテーブル席で女性客が店員に伺いを立てている。

周囲で交わされる雑多なやりとりが右から左へと耳を抜けていく。

傍らに人が近づいてきた気配がしてふと首を回すと、会社で見知った顔がにっこりとした微笑《ほほえ》みを浮かべ、

「やっぱり」

と嬉しげに言った。

「小峰君」

「さっきから、もしかしてって、見てたんです。後ろ姿が課長に似てるなぁと思って」

須藤の困惑をよそに、小峰は社内にいるときよりやや砕けた調子で快活に続ける。

先ほどはうっかり聞き流してしまったが、席を替わりたいと頼んでいた女性の声音は、そういえば小峰のものだったと気づく。

よもやこんなところで部下と会うとは思いがけず、須藤は複雑な心境だった。

できれば一人で静かに食事をして帰途に着きたい。ここは須藤にとってそういう場所だ。

「お隣、いいですか？」

断られることなど考えもしていない顔つきで小峰に言われる。

「……ああ、どうぞ」

だめとは答えにくく、一拍おいて了承する。本心ではあまり歓迎していなかったが、それを表に出すほど須藤は大人げなくなかった。

「ありがとうございます」

小峰は膝《ひざ》立ちで躙《にじ》り寄ってきて、カウンターの下に足を入れ、座布団に腰を下ろす。

遠慮する素振りは微塵《みじん》も見せない。

細身だが唇の厚みや豊満な胸などに色香を漂わせる、肉感的で女らしい雰囲気の女性だ。

短めのスカートに胸元がV字に開いたブラウス、健康的に灼《や》けた肌の色、念入りに化粧を施した派手めの顔立ち、自己アピールに長《た》けた抜け目のなさを感じる。事務職として入社し、今年で五年目になる小峰は、てきぱきとアシスタント業務をこなす有能なＯＬで、須藤も日頃世話になっている。こうして偶然顔を合わせたら邪険にするわけにはいかなかった。

「ここにはよく来るの？」

「よくってほどではないですけど、ときどきお邪魔しています」

小峰の返事は意外だった。『とみ岡』で会社の人間と会うことはなかったので、てっきり自分だけが知る隠れ家的な店だと思っていた。

あ、お注《つ》ぎします、と小峰はガラスの徳利を取って須藤の手元にある杯を冷酒で満たす。

「でも、課長とお会いできたのは初めてですね。実を言うと私、ほんのちょっと期待して通ってたんです」

通っていた、という言い方がひっかかり、須藤は眉《まゆ》を顰《ひそ》めた。

なんとなく待ち伏せでもされていたかのような響きがあって言葉に詰まる。

店員が小峰の前にテーブル席で出されていた料理と酒のグラスを運んでくる。

女性がよく頼むのを見かけるカシスソーダの入ったグラスは半分ほどに減っていた。刺身の盛り合わせにはほとんど手がつけられていない。

小峰は今日一時間ほど残業して会社を出た。

それからずっとここにいて、まさかとは思うが、須藤が来るのを待っていたのだろうか。

いい気持ちはまったくしなかった。

「課長がときどき立ち寄るお店だって小耳に挟んで興味が湧いたんです。どういうところなのかなぁって」

「べつに何がどうというわけじゃないから拍子抜けした？」

気は進まなかったが、黙り込んだままでは感じがよくなくて相手に失礼だと思い、須藤は儀礼的に返す。

小峰はそれが嬉しかったようだ。

「いいえー、さすが課長の行きつけだなと感心しました。雰囲気いいし、味ももちろん申し分ないし」

快活に喋《しゃべ》りながら、さりげなく腰の位置をずらし、須藤との間を詰める。

掘り炬燵《ごたつ》式のカウンター席には一つ一つ椅子はなく、丸いござの座布団が置いてあるだけだ。詰めようと思えばいくらでも詰められるが、上司と部下という立場に見合った距離感というものがある。須藤は居心地の悪さを覚えた。

あいにく、反対側は壁で、須藤には逃げ場がない。

かといって小峰にもう少し開けて座ってくれと言うのも不躾《ぶしつけ》な気がして、率直に口に出せなかった。無意識なのか、意図した上でのことなのか、これだけではまだ判断しづらい。誰かに見られたら不倫だと誤解される可能性もあるだろうに、無頓着《むとんちゃく》というか大胆というか、須藤にはおよそ考えられない態度だ。

「あなたの家は確か川崎のほうだったね。ご両親と同居？」

「わぁ、感激。課長、覚えてくださってたんですか」

「そんなたいそうなことじゃないよ」

須藤は困って苦笑いする。

八歳年下の部下の女性と職場以外で二人きりになって、いったい何を話せばいいのかさっぱりわからない。小峰には申し訳ないが、個人的な興味はまるで持ち合わせておらず、当たり障りのない話題を見つけるのに苦労する。

寛《くつろ》ぎたくて入った店でよけいな気を遣わせられ、がっかりだ。ついていないと思った。

小峰は須藤に関心があるらしく、特にプライベートなことにあれこれ触れてきた。

「それじゃあ奥様は生粋《きっすい》の京女でいらっしゃるんですね。すっごい美人だって聞いてます」

「さぁ、どうなのかな」

妻は確かに綺麗な女だが、身内を褒めるのは照れくさかったので他人事《ひとごと》のように受け流す。

「ご謙遜《けんそん》なさらなくてもいいですよ〜。課長と並ぶと見栄えしそう。でも、私が奥様だったら、心配で課長を単身赴任なんてさせられないと思います。奥様、ちょくちょく東京にいらっしゃるんですか？」

「いや、めったに来ないね」

本当は一度も来たことがないのだが、そこまで正直に言う必要はないだろう。

「それって課長を信用されているからですよね。もしかして課長は、今まで奥様以外の誰にも心を傾けたことないんですか？」

次第に小峰の質問は立ち入ったものになっていく。

いささか不快だったものの、須藤は表情を崩さずにさらりと躱《かわ》す。

「考えたこともないな」

実際それは本当だ。

妻とはたまたま縁があって付き合い、そのまま結婚したが、妻の熱意と周囲の後押しがなかったなら、おそらく現在もまだ独身だった気がする。

男女関係には昔から疎い。恋愛感情を揺さぶられることは今までめったになかった。結婚して数年経つ妻に対しても、本気で恋をしていた時期があったかどうか、確信が持てずにいる。嫌いではないから一緒になった、そうしたほうが周りも納得し、皆が幸せになれるような気がしたので踏み切った、それが正直なところだ。不誠実で冷たい男なのかもしれない。

ただ、妻以外の女性に興味を持ったことはないし、不倫など脳裡《のうり》に浮かんだこともないとは誓える。そういう意味では、つまらなくも真面目な男だと自負している。

「でも、それだと寂しくないですか」

小峰は聞くというより決めつけるように言って、じっと須藤の顔を見る。

強い視線に毒気が含まれているのを感じて須藤は身動《みじろ》いだ。

なんとも心地が悪く、腰を上げて帰りたい心境になる。

「奥様は油断しすぎていらっしゃいますね。課長はその気になれば引く手数多《あまた》の素敵な男性なのに、なんの防護策も施されないんですもの。よっぽどご自分に自信があるのか、課長を見くびっていらっしゃるのか」

「僕はべつに寂しくもないし、女性にもてるとも思っていないよ」

須藤はやんわりとした口調でありながらきっぱりと言った。ここで曖昧《あいまい》な態度をとれば付け入る隙を作るようなものだという気がして慎重になる。

「自覚、されてないんですね」

意味深に口元を緩ませる小峰に須藤はいよいよ抜き差しならなくなりそうな嫌な予感を募らせた。

この場はさっさと引き揚げたほうがよさそうだ。

そう思ってお勘定を頼もうと首を伸ばした矢先に、店員が魚の煮付けを盛った皿を運んでくる。

「お待たせしましたっ」

威勢よく言われ、小峰の分と二枚、取り皿を置いていく。

出鼻を挫《くじ》かれた形になって須藤はふっと息をついた。

「よかったらどうぞ」

小峰に勧め、須藤は手酌《てじゃく》で冷酒を注ぎ足した。

どうしようもなく変な気分で、自分自身納得がいかなかったが、もうしばらく我慢するしかなさそうだ。職場で毎日のように顔を合わせなくてはならない女性を相手に、そうそう邪険な振る舞いはできない。業務に支障を来《きた》しかねないぎくしゃくした関係になるのは避けたかった。

小峰はいくつか料理を追加注文し、新しい皿がテーブルに載せられるたび、甲斐甲斐《かいがい》しく須藤の分も取り分けてくれた。

そのうち、膝頭が触れ合うほどにまで身を寄せてきて、ことあるごとに肩や腕、手の指に触れてくるようになり、さすがにこれはまずいと頭の中で警戒信号が点滅し始めた。

結婚して以来、こんなふうにあからさまに、下心を剝《む》き出しにして迫られるのは初めてだ。まさか、という気持ちがずっと拭《ぬぐ》い去れずにいたが、カウンターの下で太股《ふともも》に手を置かれ、さらに熱の籠もるしぐさで撫《な》でさすられだした途端、ざわっと悪寒がして、本気でまずいと感じた。

足を組むことで小峰の手を払い落とし、腕の時計で時刻を確かめる。べつにこのあと用事があるわけではないが、時間を気にするポーズを作って小峰を牽制《けんせい》したかった。

「そろそろ僕は失礼するけど」

「じゃあ私も」

小峰はあっけらかんと言い、どさくさに紛れて今度は須藤の足の付け根に触れてきた。

いくらなんでもこれはそのままにしておけず、須藤は小峰の手を摑《つか》み取り、険を含んだ目で整った小顔を見据えた。

「酔っているの？」

抑え続けてきた憤りが僅《わず》かながら声に出る。

「い、いやだ、課長。すみません、ちょっと勘違いしちゃって」

小峰もさすがにやり過ぎたと思ったのか、マスカラとアイラインで色濃く形作った目を気まずげに逸らす。

勘違いって何を、とこの際突っ込んで聞いておきたかったが、須藤が口を開くより先に、またしても意外な人物から声をかけられた。

「須藤課長と小峰さんじゃないですか」

須藤と小峰はギョッとなり、肩を回して背後を同時に振り返った。

同じ課で主任を務める綿貫《わたぬき》充彦だ。

相変わらずはっとするほど綺麗な顔を、心なしか強張《こわば》らせ、遠慮がちに須藤と小峰を見る。長い睫毛《まつげ》が心許《こころもと》なげに揺れるのが、彼の緊張ぶりを窺《うかが》わせた。うっかり声をかけたものの、二人の雰囲気が何やら怪しげなのを感じて、戸惑っているようだ。

誤解だ、と須藤は喉元《のどもと》まで出しかけた。

いかにも潔癖そうな充彦の白い顔が今にも嫌悪に歪《ゆが》みそうで躊躇《ちゅうちょ》した。

充彦は須藤が最も頼りにしているしっかり者の部下だ。彼の軽蔑《けいべつ》を買うような言動はしたくない。慕ってもらっているのがわかるだけに、失望されたくないと強く思った。

「珍しいこともあるものだなぁ」

須藤は気を取り直し、わざと快活に笑ってみせた。

「本当。まさか綿貫君までここに来るなんて、びっくりだわ」

幸いにも、充彦が割って入ってきてくれたおかげで、小峰は先ほどまでの大胆に男を挑発する素振りを引っ込め、社内にいるときと変わらない態度になっていた。こんなとき、女はしたたかで芝居が上手だとつくづく思う。小峰をもてあまし気味だった須藤は胸の内で充彦に感謝した。もうあと少し充彦が現れるのが遅かったら、須藤は不快さのあまり小峰に突《つ》っ慳貪《けんどん》に接して傷つけ、今後社内で顔を合わせづらくなっていたかもしれない。

「今から食事？」

「いや、軽く飲みに来ただけ」

小峰と充彦は同期だ。気安く言葉を交わす。

仲がいいんだろうかと須藤は二人を見て意外さを隠せない。

アクがなくて静謐《せいひつ》で控えめな印象の充彦と、積極的でバイタリティに溢れていて気が強そうな小峰とでは、まるっきり方向性が違うように思える。どちらかと言えば須藤は充彦の性格に近い気がするので、充彦には親近感を覚えるのだが、小峰のような押し出しの強いきつめの性格をした女性とはどう対したらいいか悩む。充彦はよくそつなく相手になれるなと感嘆する。

「課長と一緒に食事だなんて抜け駆けもいいところだ。ほかの連中に知られたら袋叩きに遭うんじゃないの」

充彦は怖じけた様子もなく小峰にポンポンと揶揄《やゆ》まじりに話しかける。砕けた口の利き方は同期に対してならではだ。須藤が相手だと充彦は礼儀正しく丁寧な言葉遣いをする。

小峰も充彦にはどことなく甘えた調子になる。

「いやだ、黙っててよ。私たち偶然ここで会っただけなんだから」

「もちろん喋って回ったりしないよ」

先ほどまで須藤に見せていた思わせぶりな態度、誘うような仕草はいったいなんだったのかと訝《いぶか》しくなるほど小峰は普段どおりだ。

別に何かを期待していたわけではもちろんないので、それはそれでかまわないが、女性はますますわからない、不得手だという感を強くした。

「せっかくだからテーブルのほうに移らせてもらってもう少し飲むか」

むしろこのまま店を出ればまた小峰と二人になる可能性がなきにしもあらずだと考え、須藤は渡りに船の感覚で充彦に言った。

「え、本当ですか。嬉しいです」

充彦はぱっと表情を晴れやかにする。お世辞や上司を立ててての発言ではなく本心から喜んでくれたようで、須藤はホッとした。小峰を避けるために充彦を利用しようとしている自分の狡《ずる》さを自覚しており、罪悪感を湧かせていたのだ。それを充彦に笑顔で払拭《ふっしょく》してもらった気がした。

「私もお付き合いするわ」

ここで自分一人帰るのは納得しかねるのか、小峰も残ると言い出した。

おそらくそうなるだろうと予想していたので、須藤は失意は感じなかった。要は小峰に変なふうに絡まれる状況でなくなればいい。

そう言えば、充彦と二人きりで飲んだり話したりしたことはないな、と思い至る。一度くらいそうした機会があってもよさそうな気もして、この場にもし小峰がいなかったならまさにうってつけだったのにと、頭の片隅でちらっと考えた。

三人でテーブルを囲み、新しく頼んだ冷酒で乾杯する。

充彦はほっそりして繊細そうな見かけに反し、アルコールにはそこそこ耐性があるようだった。飲んでも顔に出ず、清涼感のある理知的なまなざしがひどく印象的だった。

いつか誰かが充彦のことを「王子様」と呼んでいるのを耳にしたことがある。まさしくだなと須藤も思った。すっきりとした控えめな美貌に気品が感じられ、ただ綺麗なだけではなく、高貴で近づきがたいオーラを醸し出している。眺めているだけが精一杯の高嶺《たかね》の花、そう思って親しくなるのに二の足を踏む女性が多そうなのも理解できる。

職場の上司と部下の男女という組み合わせで飲むと、話題はおおむね職場のあれやこれやに関することになる。

一番喋るのは小峰で、相当な情報通であると知り、感心するやら恐ろしいやらだ。

充彦は他人の噂話などには興味がないらしく、話がそちらの方向に行きかけると口数が少なくなった。相槌《あいづち》を打つのも躊躇《ためら》い、居心地が悪そうに腰をもぞもぞさせる。

そうした純朴そうな態度が、華やかな容姿から受ける垢抜《あかぬ》けた印象と離れていて意外だ。

これまで仕事を通じての接触しかなかったので、充彦の個人的な事情や趣味嗜好についてはよく知らない。飲み会の席でも二言三言交わしたことがあるくらいだ。

小峰は充彦には同僚であるという以上の感情を抱いていなさそうだ。

ざっくばらんに「恋人はできた？」と聞いて充彦を当惑させる。

充彦はそういうプライベートな話を上司も同席している場でするのは抵抗があるようだ。ちらっと須藤に視線を走らせ、「……いや」と口籠もる。

本人さえその気になればいくらでも恋人は見つかりそうなものだが、充彦はそうした相手を積極的に求めていないようだ。

案外奥手なのかもしれない。

ほんのり赤らんだ顔は酒のせいではなく、こうした話題が照れくさいからだろう。

なんだか可愛いと思って、須藤は目尻を下げた。

素直で礼儀正しく、有能だがそれをひけらかすことなく常に謙虚。そんな男を部下に持てて嬉しい。

しばらくすると小峰が中座して化粧室に行った。

充彦と二人になる。

気のせいか充彦の緊張が増したようで、須藤は斜め向かいの席で背筋を伸ばして俯きがちになった充彦を訝しく見た。

「やっぱり上司と一緒だと羽目を外せない？」

「いえ、そんな」

充彦は思いもよらぬことを言われた様子で慌てて顔を上げた。

白皙《はくせき》がさらに桜色に色づいている。

男にしておくにはもったいないくらい整った容貌をしている。ここまでじっくりと顔を見たのは初めてだ。綺麗な男だなと感心する。

「……できれば一度お付き合いいただけないかと思っていたので、光栄です」

僅かに躊躇う間を作ったあと、充彦ははにかみがちに言った。

「光栄だなんて大袈裟《おおげさ》な」

冷やかすのではなく真面目に受けとめてうっすら微笑むと、充彦も恐縮したようにぎこちない笑みを浮かべた。ぎこちなくはあったが無理をしている様子はなく、須藤は安堵《あんど》した。

「今夜は小峰君といいきみといい、奇遇続きだよ」

「僕も……小峰さんがいたことには驚きました」

充彦は微妙な言い回しをする。

「ひょっとしてここが僕の行きつけだと知っていた？」

「あ、はい。すみません」

うっかり失言したことに気づいたように充彦は申し訳なさそうな顔をした。

「前に部の飲み会があったとき、部長とお話しされていたのが耳に入ってきて、課長が好んで行かれるお店ってどんなところだろうと興味が湧いて」

「ああ、確か忘年会のときにそんな話をしたような。じゃあ、それからずっと？」

「月に一度か二度くらいですが」

「なんだ。それならもっと早く会っていてもよかったのにね」

小峰にはきっとこんなふうには言わないだろうが、充彦に対してはまんざら社交辞令でもなく言葉が口を衝いた。

「課長はいつもお一人で？」

「基本的に一人が好きだから。でも、たまには誰かと差し向かいで仕事の話を抜きにして飲むのもいいかもしれない」

「ではまた次に機会があればぜひ」

「そうだね」

充彦が相手なら悪くないと思って須藤は快諾する。

歳《とし》は離れているが、気は合いそうで、もっと充彦のことを知りたくなった。

そこにばっちりメイクを直した小峰が戻ってきて、皆で店を出た。

須藤と充彦は地下鉄、小峰はＪＲだ。駅の改札の前で小峰と別れ、充彦と連れだって地下鉄の駅ホームに下りていく。聞けば路線も行き先も同じだとわかった。そのとき須藤の頭を過《よぎ》ったのは、もうあと少し充彦といられる、という喜ばしさだった。充彦といるのは心地がいい。気負わずに自然体でいられて楽なのだ。

「一人暮らしは大変じゃないですか？」

乗車口の近くに立って電車の揺れに身を任せていると、充彦が控えめな口調で聞いてきた。

「そうでもないよ。かえって気楽でいいときもある」

きみは、と振ると、充彦も頷《うなず》いた。

「僕も慣れているので平気です。ときどきは孤独が身に染みることもありますけど」

「それはクリスマスとかバレンタインデーとか、世間が賑《にぎ》やかになるとき？」

「……ええ、まぁ」

充彦は面映《おもは》ゆげに俯き、長い睫毛を揺らす。

「今年もきみがもし一人で暇なら、二人で寂しく飲みに行こうか」

須藤は思いついて提案してみた。

えっ、と充彦が目を瞠《みは》る。

「その前に彼女ができるほうに僕は賭けるけれど」

ちょっと失礼な言いぐさだっただろうかと反省し、須藤は急いで言い足した。

充彦の表情が僅かに曇ったようだったが、カーブで列車が揺れたのに気を取られ、はっきり確かめ損ねた。

3

充彦が『とみ岡』に行ったのは虫の報《しら》せのようなものだった。

午後から西東京市にある倉庫に出向いて在庫チェックに立ち会ったあと、一緒に行った商品管理課の主任と食事をして別れた。そのまままっすぐ帰る気になれず、思い立って『とみ岡』を訪れてみた。

そこで須藤と小峰の姿を見つけたときには、驚くのと同時に、今夜はなんとなく須藤と会えるかもしれないという予感がしていたのが当たったなと思った。

ただし、小峰まで一緒だとは予想しておらず、最初声をかけるのを躊躇った。

この店が須藤の行きつけだと知ってから何度か足を運んだが、今まで幸運な偶然は巡ってこなかった。縁があれば会えるかもしれない程度に考えるまでにしておこうと己を抑えていたため、本当に偶然の出会いを期待していたにすぎない。よりによってそれが叶ったとき、傍らに小峰がいたのは計算外だった。

須藤から誘ったのだろうか、と一瞬思ったが、すぐに違うと考え直した。

むしろ須藤は小峰の馴れ馴れしい態度に困っているようだ。

壁際に肩が触れるくらいに寄っているのは小峰がどんどん須藤に身を近づけてきているせいだと思われた。須藤の横顔がチラッと見えたとき、明らかに当惑しているようだったのだ。

小峰が左手をカウンターテーブルの下に入れたままなのも気になった。

もしや、と下世話な想像を働かせてしまったのは、日頃から小峰が須藤を狙っているのをあからさまに感じていたからだ。

手洗いに立つふりをして二人の真後ろを通ってみて、充彦は須藤が小峰に大胆な迫り方をされて弱っているのだと確信した。

ほかの人物が相手なら充彦も個人の問題だと割り切って放っておいたかもしれない。

しかし、小峰の狙いがほかでもない須藤である以上、見て見ぬふりはできなかった。

腰を落とし、二人の間に割り込むようにして声をかけた。

「須藤課長と小峰さんじゃないですか」

あらためて反芻《はんすう》するとずいぶん思い切った行動に出たものだ。なりふりかまわぬ小峰の振る舞いに嫌悪を感じた。須藤を困らせているのが腹立たしかった。

万一これが充彦の勘違いで、実は須藤も内心まんざらでもなかったのだとしたら、まさによけいなお節介だ。申し訳ないことをしたと後悔するはめになっただろう。

結果として充彦のしたことは須藤を助けたようだ。

言葉では何も言われなかったが、須藤の表情を見ていれば、充彦の存在をありがたがってくれているのが察せられた。

同じ地下鉄沿線に住んでいることも前から知っていて、帰りに二人だけになれたのも嬉しかった。

社外で須藤と二人になるのは初めてで、心臓が鼓動を速めて緊張しているのが伝わるのではないかと兢々《きょうきょう》としつつ、いつもと変わらない落ち着いた態度でなんとか受け答えできたのではないかと思う。

クリスマスにもし予定がなかったら、と須藤は半ば冗談めかして言ったが、充彦としては三ヶ月も先の話ではなく来週か再来週にでもまたこうした機会があればいいのに、と願う気持ちでいっぱいだった。

いくらなんでもそれは期待しすぎだろうか。厚かましすぎるだろうか。

そう考えた矢先、不意に須藤が神妙な顔つきで充彦を見据えてきた。

電車がカーブで大きく揺れ、体勢を崩して須藤の肩にぶつかって「すみません……!」と謝った直後のことだ。

「本当言うと、きみが来てくれて助かった」

あ、やっぱりそうだったのか、と充彦はすぐになんのことを言っているのか理解した。

「よかった。もしかしたらお邪魔だったんじゃないかと心配してました」

充彦は心にもないことを言ってにこっと笑ってみせた。話を深刻にしないためにわざと軽口を叩く。

そうした充彦の気遣いは須藤にも伝わったようだ。

須藤はフッと息をつくと、安堵したように緊張を緩めた。

「ああいうことには不慣れでね。どう対応したらいいものか悩んでいた」

「ちょっと意外な気もします。課長はもてそうでいらっしゃるから」

「まさか」

須藤は驚いたように目を瞠り、次には冷やかすようなまなざしを充彦にくれた。

「その言葉はそっくりきみに返すよ。僕なんかと違ってきみはまだ若いし、独身だし、その気になれば俳優やモデルだってできそうな顔とスタイルをしている」

「課長だってまだお若いです」

お世辞でなしに充彦は言った。三十五は充彦の感覚では自分とたいして違わない。ただ、須藤の場合は早くから課長という責任ある立場を任されてきたせいか、実年齢より上に見られがちなのは確かだ。それは決して老けているという意味ではなく、落ち着き払って物静かで、達観した雰囲気を感じさせるからだ。

「そう？　ありがとう。そう言われると悪い気はしない」

「あの、課長は休みの日には何をされることが多いんですか？」

少しずつ打ち解けてきているのを肌で感じ、充彦は勇気を掻《か》き集めて聞いてみた。

「いやぁ、べつにこれといった特別なことはしないね。一週間分の洗濯をして部屋の掃除なんかしてたら、あっという間に夕方だ。本を読んだりテレビを見たり、家の中でだらだら過ごすことが多い。きみは？」

幸いにも須藤のほうから充彦に問い返してくれたので、充彦はいよいよこの機会を逃したくないと思った。

「僕も普段はまさにそんな感じです。少しは外に出なきゃと思いはするんですが、一人だと出不精に拍車がかかってしまって。映画にでも行けばいいんでしょうけど」

「映画、好きなの？」

「ほどほどに。どちらかといえばメジャーなタイトルより単館上映されているような渋めの作品をときどき観にいきます。メジャーなのはすぐＤＶＤになるので、そっちで借りて見るくらいで」

「そういえば僕も岩波ホールとか、昔は毎月のように行っていたなぁ」

須藤は懐かしげに目を細めた。

「もしよかったら今度ご一緒しませんか?」

充彦は躊躇っている余裕などなしにいっきに言った。

断られるのを覚悟して誘うだけ誘ってみただけなので、いい返事がもらえるとはほとんど期待していなかった。

「そうだね」

案の定、須藤は通り一遍の返事をして口を噤《つぐ》んだ。

少しがっかりしたが、これがいわゆる普通の反応だろう。

初めから多くを望みすぎるのは厚かましいというものだ。

その後は特にこれといった会話もないまま、充彦より三駅手前で須藤は降りていった。

「じゃあ、月曜日また会社で」

「おやすみなさい。今日はどうもありがとうございました」

充彦はきっちりお辞儀をして須藤を見送った。結局、『とみ岡』の払いは須藤の奢《おご》りになったのだ。そんなつもりはなかったのに、申し訳ないことをした。

いずれまた近いうちに須藤とゆっくり話ができればいい。

そうそう都合よくいくとも思えなかったが、充彦にはなんとなく次がありそうな予感がしていた。

だがそれも、一週間、十日と何事もなく過ぎるうちに、外れたかなと諦めの気持ちが濃くなってきた。

社内ではもちろん言葉を交わすが、仕事以外の用件で声をかけられることはなく、その点は以前とまったく変わらない。親しみやすくて気さくだが、どこかで一線を引いていてそこから先には他人を踏み込ませないところがある。須藤の態度は小峰に対しても同様だった。

難攻不落、小峰はそう感じて徐々に焦《じ》れ始めているようだ。

充彦にとって思いがけない形で再び須藤に近づく機会が訪れたのは、『とみ岡』での一件から二週間経つ頃だった。

「綿貫君」

須藤に呼ばれて課長席に用件を伺いに行った充彦は、急な話で申し訳ないがと前置きされた上で、明日の名古屋出張に同行するよう指示を受けた。

「予定では徳田《とくだ》君と行くはずだったんだが、彼のほうに急遽《きゅうきょ》別件が入ってしまってね。なんとか段取りをつけてもらえたらありがたいんだけど」

「はい。わたしのほうは大丈夫です」

突然のことに驚きながらも、充彦は内心舞い上がりそうだった。

翌日、十時に須藤とともに会社を出て、新幹線で名古屋に向かった。

「その気になれば今日中に帰ってこられないこともないんだが、せっかくだから一泊してひつまぶしでも食べてこいと部長が仰せなんでそうさせてもらおう」

「太っ腹ですね、部長」

「うちは今期業績がいいからね」

須藤は含み笑いしながら言って片方の目を瞑《つむ》ってみせる。

業績がいいのは事実だが、何より須藤は部長はもちろんのこと名古屋支社長にも気に入られている。現名古屋支社長は以前本社で生活スタイル部門の部門長を務めており、入社以来須藤に目をかけてきた人物らしい。そうした上司がいる以上、須藤も名古屋まで行ってトンボ帰りというわけにもいかないだろう。

名古屋支社には正午前に着いた。

さっそく近くのうどん屋に案内されて、味噌《みそ》煮込みうどんの昼食をとる。

新幹線の車中でもほとんど会話せずに来てしまったが、支社に着いてからは常に誰かが傍についているので、二人で話をすることはいよいよなかった。

須藤も充彦も決して口数の多いほうではない。

二週間前の『とみ岡』でのことを持ち出して親密感を上げようとするのも今さらすぎた。

名古屋支社長は聞きしに勝る須藤贔屓《びいき》で、久々に顔を合わせた部下に満悦の体だった。

仕事のあとも当然食事に連れ出され、ここが一番のお薦めと太鼓判を押す店に案内してもらい、ひつまぶし定食に舌鼓を打つ。

充彦はもっぱら聞き役に徹していたのだが、支社長の須藤語りを聞けたのは役得だった。

「おまえは昔から女に無愛想なんだよ。あっちからもこっちからも秋波を送られているってのに、気がついているんだかわざと知らん顔しているんだか、摑み所がなくて飄々《ひょうひょう》としたやつだった。結婚するって聞いたときにはてっきり見合いでもしたのかと思っていたよ」

酒を飲みながらの話はもっぱら家族のことで、須藤はなんとなく心地悪そうにしていた。

「あれか、奥さんのほうから積極的なアプローチがあったのか？」

「いや……どうだったんですかねぇ。もう忘れました」

「単身赴任だとますます子供ができにくいだろう。頭下げてでも奥さんに東京に来てもらったらどうだ。おまえ、プライド高いところあるから、そういう頼み事するの苦手なんだろ」

「そうですね」

あまり気乗りしたふうでもなく須藤は短く答える。

充彦には須藤の憂えた表情が気にかかった。

家族の話は嬉しくないようだ。

「ところで、きみは今いくつなんだ？」

支社長が充彦に水を向けると、須藤は明らかにホッとした様子を見せた。

「二十七です」

「昔の須藤君にどことなく似てるな。その歳で主任ならきっときみも彼みたいにトントン拍子に出世するよ。本社にはいい人材が多くて羨ましいね」

若い頃の須藤を知る支社長から似ていると言われて悪い気はしなかった。

「わたしなんかより綿貫君のほうがよっぽどしっかりしていますよ」

須藤が謙遜気味に口を挟む。

「きみは結婚はまだ？　するときは須藤君に仲人を頼むといいよ。彼もそろそろそうした役回りを経験していい頃だ」

はい、と充彦は当たり障りなく頷いておく。

充彦にはおそらく縁のない話だが、須藤に自分の性指向を感づかれることには抵抗がある。ばれたらきっと須藤は充彦を敬遠し始めるだろう。須藤の人間性からして、嫌悪されたり差別的な目で見られることはないと信じたいところだが、充彦に恋愛の対象として捉《とら》えられているとわかれば、平静でいられないかもしれない。どんなに頭では理解していても、生理的に受け入れがたいことはあるものだ。

充彦の望みは、恋情を抱いていることを知られぬまま、可能な限り須藤に近づくこと、それだけだった。

それだけの、つもりだった。

4

支社長をタクシーに乗せたあと、須藤は充彦と宿泊先のホテルにチェックインした。

駅に隣接する大きなホテルで、広々としたロビーフロアは高級感と威風を醸し出している。寝るだけですますにはもったいない格のホテルだ。

「部屋に上がる前にラウンジで一杯飲んでいくか？」

須藤の誘いに充彦は迷わず「はい」と賛成した。

『とみ岡』のときといい、充彦は飲むほうは不得手ではないらしい。雰囲気を楽しみながら適度な酔いに浸る、綺麗な酒の嗜《たしな》み方をする。悪癖も出ず、礼儀正しく理性的なまま最後まででいられるようで、飲む相手として申し分なかった。

もっとも、充彦はほぼ何事においてもそつがなく、およそ失敗や挫折《ざせつ》とは縁のなさそうな男だ。須藤自身もしばしば似たような評価を受けるが、自分のことは自分が一番わかっている。傍《はた》からすれば完璧に近く映るのかもしれないが、実際は穴だらけだ。

荷物だけ先に部屋に入れておいてくれるようフロントで頼み、五十二階という高い位置にあるスカイラウンジに行く。

夜景が眺められる窓際のテーブルに案内された。

男同士にはロマンチックすぎてもったいないような雰囲気のある席だ。

しかし、それも充彦が相手だと、さほど違和感はなく思えてくる。肘《ひじ》掛けの付いた椅子にすっと背筋を伸ばして座る充彦は上品で美しく、甘やかな容貌とあいまって王子様然として見える。謙虚で控えめな人柄が面映ゆげに俯けられた顔に滲《にじ》んでいて、須藤は充彦を知れば知るほど好ましく感じる。

ひつまぶしの店では日本酒を飲んだので、ここではカクテルをオーダーした。

「モスコミュールを」

「すみません、僕もそれで」

充彦も同じものを頼む。

ラウンジの中程にグランドピアノが置いてあって、しばらくすると生演奏が始まった。

スタンダードなポピュラー音楽が奏でられる。

話し声を遮るほどうるさくはなく、ほかのテーブルには会話の内容を知られずにすむ適度な音の存在に、須藤は自然と口を開いていた。

「田原《たはら》支社長には、入社以来世話になりっぱなしでね」

少々強引で噂話好きなところもあるが、いい人だ、と言うと、充彦は神妙に頷いた。

もっといろいろ話してください、と黒い瞳にせがまれでもしている気になって、須藤は柄にもなく普段はまずしないであろう話をし始めた。住んだことのない土地に一夜限り滞在し

ているという状況が、須藤をそんな気持ちにさせたのかもしれない。むろん、誠実で真面目な充彦の人柄によるところも大きい。

「何かと気遣ってもらって、可愛がってくれるものだから、本当に頭が上がらない。へたに心配かけたくないしね。……実は、あまり、知られたくないこともあるんだ」

須藤はモスコミュールで濡《ぬ》れた唇を軽く舐《な》め、声のトーンを落として続けた。

「僕が結婚したのは大阪支社時代で、その頃田原さんはデュッセルドルフ支局にいたから、仲人をお願いすることにはならなかった。それがせめてもの救いかと最近ときどき思えてね」

「奥様とあまりうまくいってらっしゃらないんですか……？」

充彦は遠慮がちに聞いてきた。

自分からは潔くその言葉が出せずにいたのを、充彦に代弁してもらった形になり、ぐっと気が楽になった。

「子供もいないのに専業主婦の妻を残して単身赴任している時点で、鋭い人はそう思うよね」

いくぶん自嘲《じちょう》気味な言い方になる。

「……僕は噂に疎いですし、自分自身があまり女の人と付き合った経験がないので、よくわからないんですが」

「ああ、そうか。悪かったね」

こんな話、聞かされるほうも愉快ではないだろう。

須藤はふと我に返る。

充彦に嫌な顔をされたわけではなかったが、須藤は自分で自分に嫌気がさしてきて、話題を変えた。

あとから考えても、なぜ充彦の前で家庭内の話などする気になったのか定かでない。

弱みを晒《さら》すのは本来よしとしない性格のはずだが、充彦には本当のことを打ち明けたい気持ちに駆られた。

理解してもらえると思ったわけではない。

ただ、話してすっきりしたかっただけのような気がする。

充彦の優しさに無意識のうちに付け込んだと詰《なじ》られても言い訳できなかった。

「きみは映画が好きなんだっけ？」

「ええ、まぁ」

充彦は前に話した内容を須藤が覚えていたことに意外さを隠さない顔をする。

須藤は苦笑した。

話の内容はたいてい記憶している。興味を惹かれたことなら特に忘れない。

そういえば、あの晩の会話のうち須藤の頭に残っているのは、充彦と交わした話ばかりだ。

失礼ながら小峰とは何を話したか今ひとつはっきりしない。あまりいい印象は受けなかったのは確かだ。過剰なボディタッチに当惑し、話を聞くどころではなかったのかもしれない。

「今度の土曜日あたり、岩波ホールに行ってみようと思ってるんです」

「岩波ホール？」

そういえばあのときそんな話をしたなと思い出す。

必然的に上映されているのは渋めの作品になるはずだが、大学時代を懐かしむ気持ちが込み上げ、須藤は突発的に言っていた。

「いいね。久しぶりに僕も行ってみたくなったよ。さしつかえなかったら一緒していいかな」

「本当ですか」

充彦の反応は予想以上に嬉しげで、須藤も後に退《ひ》けなくなる。

自他共に認める出不精の自分が今さら学生気分で単館上映の映画鑑賞か、とおかしくなってしまうが、充彦と二人でならやぶさかでない気もした。スケジュール帳を開いてみるまでもなく、次の土曜も予定なしだ。買い物にでも出かけて凝った料理を作ろうか、くらいに考えていた。

「昼間は掃除と洗濯をしたいから夕方からでも大丈夫？」

「もちろんです」

充彦は喜色満面で勢いよく答えた。

こんな顔もするんだなと、須藤は目を細め、じっと見つめてしまう。

仕事中はほとんど表情を変えず、淡々と職務をこなしている印象があるので、こんなふうに感情豊かな充彦は新鮮だ。

笑うと右側にえくぼができることもこうして向き合ってみて発見した。

「じゃあ、土曜の最終上演回の開演十五分前にビルのエントランスで待ち合わせよう」

岩波ホールは確か夕方開始の回が最終だと記憶していたので、須藤はそう言った。

「楽しみにしています」

昔は同期や同僚たちと集まって遊ぶこともあったが、部下を誘ってプライベートで会うのは初めてだ。自分が部下で逆の立場になった経験もない。

「きみはやっぱり少し変わっているね」

須藤は悪い意味ではなく充彦を揶揄した。

「どうせなら同僚の誰かを誘ったほうが気楽なんじゃないかって気もするが」

「僕は課長とご一緒したいです」

充彦は照れくさそうに早口で言い、銅製のマグカップについた霜を指で撫でる。

女性の手のような優美さとはまた違うが、細くて長い、どこか色気のある指だと思った。

「それならいいけど」

あまり意識しすぎるとおかしな気分になりそうで、須藤は充彦から目を逸らす。

バーラウンジではそれほど長居はしなかった。

モスコミュールを飲み終えると、客室フロアに降り、同じ廊下の並びに割り当てられたおのおのの部屋に引き揚げる。

「おやすみ」

と挨拶してドアを押し開けた須藤に、充彦はすっと頭を下げて応《こた》えた。

さりげないしぐさにも華やかさと色香が漂う。

彼はこんな男だっただろうか、と認識をあらためさせられた出張の日の夜だった。

5

ひそかに好意を抱いてきた須藤と休みの日に会える。

出張先でも二人になるときは多かったが、それとこれとは意味合いが違う。

約束をとりつけてからというもの、充彦の胸は抑えがたいほど弾み、平静なふりをするのが大変だった。

一度でいいからこんなことがあればと、自らの気持ちに気づいてからずっと頭の中で想像を巡らせてきたのが、いざとなるとあっという間に話が纏《まと》まり、現実になった。

きっかけを作ったのは充彦だが、そこから先は須藤が仕切ってくれたこともありがたい。充彦が無理に須藤を誘ったわけではなく、須藤自身も望んでくれた形になって、嬉しさもひとしおだ。

約束まで間がなくて助かったと思った。

こんな調子で一週間も待たされたなら身が保たなかったかもしれない。

前日の夜は遠足前の子供のように気が昂《たかぶ》ってしまってなかなか寝つけなかった。

夕方からの約束で幸いだった。午前中の待ち合わせだったなら遅刻していたかもしれない。

土曜日の午後五時過ぎ、地下から階段を上がっていくと建物のガラスのエントランスドア越しに先に来て待っている須藤の姿が目に入った。

まだ約束の時間の五分前だ。てっきり自分のほうが早く着くだろうと思っていただけに焦る。几帳面《きちょうめん》で何事もきちんとしている須藤ならではだ。

充彦は大股《おおまた》で須藤の許に近づいていった。

「お早いですね」

「やぁ。きみこそ」

壁に背中を凭《もた》れさせ、左手に開いて持った文庫本から視線を上げた須藤は、充彦を見てにこりと笑った。

「チケット、買っておいたよ」

須藤は屈託のない調子で言うと栞《しおり》を挟んで本を閉じる。

「誘ってくれたお礼だ」

すっとチケットを一枚差し出し、財布を開こうとした充彦を押しとどめる。

恐縮しながら充彦は素直に厚意を受けた。相手は上司だ。払うと言い張るのもスマートではない気がして、ここは甘えさせてもらうことにする。お返しは別の場ですればいい。

シアターに入ってみると、意外に席は埋まっていた。

前寄りに二席空いている場所を見つけ、並んで腰掛ける。

すぐ隣に須藤がいるのだと意識すると性懲りもなく脈拍が速くなる。

これはべつにデートなんかではない、須藤にとっては単なる暇つぶしだ。それ以上の意味はない。勘違いして浮かれないようにしなければと自分に言い聞かせる。

休日にスーツ姿以外の須藤を見るのは初めてで、それも新鮮でドキドキした。

チェック柄のシャツにチノクロスのパンツ、形の綺麗なカジュアルジャケットといった出《い》で立ちが似合っている。なんでも着こなせるんだなと感嘆する。

上映されたのはイギリス制作の二時間弱の作品だった。ケニアを舞台に、実話をもとにして描かれたストーリーで、のんびりとした印象のタイトルからは想像もつかない壮絶な過去を背負った老人の物語だった。

観終えて会場を出てからも二人して言葉数が少なく、無言の状態が続いた。

何か感想を、と思うのだが、安っぽい言葉で語るのは憚《はばか》られるような重さがのし掛かっていて、迂闊《うかつ》に口が開けない。充彦の感覚ではそんな雰囲気だった。須藤はもっとべつのことを考えていたのかもしれない。

いい作品だったと思うが、せっかく須藤と観るならもう少し明るく気軽に感想が言い合えるもののほうがよかっただろうか、と軽く後悔する。

そこに須藤がいつもと変わらぬ気負いのない調子で話しかけてきた。

「綿貫君、このあとどうする？」

いつもの癖で腕時計を見る。七時二十分だった。

このまま帰るのはなんだか物足りない。ちょうど夕食の時間でもあったので、どこかで食事でもできればと思った。

「何か食べて帰ろうか」

充彦が答える前に須藤のほうから提案してくれた。充彦もそうしたがっているのが伝わったのだろう。空気を読んで先回りしてもらった感があった。

近くにビアレストランがあるとのことだったので、その店に入った。

「映画、楽しまれました？」

人心地ついたところで充彦はようやく須藤に感想を聞いた。

「面白かったよ」

須藤は率直に返し、乾杯、とビアグラスを持ち上げて充彦のグラスに軽く触れさせる。生ビールの中ジョッキを二人して同時に呷《あお》った。

「内容がどうのというより誰かと一緒に観て、こうして鑑賞後に話ができるのがいいね。さっき観た映画は手放しで楽しかったと言える類のものじゃなかったけど、後口はよかったし、自分がこれまで無関心だった国の出来事を知ることができたりして、興味深かった。僕はスカッとした気分になれる映画ももちろん好きだが、今日みたいなのもときどき観たくなるほうなんだ」

でも、と須藤は茶目っ気たっぷりのまなざしを向け、言い足す。

「万人向きではない気がするから、気心の知れた相手と観るほうがいい作品だったかもね」

「それは……僕でよかったという意味でしょうか？」

どう受けとめてよいのか迷い、充彦は自信なさげに確かめる。

須藤は唇の端を上げ、ふっと意味ありげに微笑む。

表情からして、充彦は安堵してよさそうだった。

もともと充彦自身は須藤とこうしていられるだけで浮かれた心地がする。ほかは二の次でいいのだが、きりっと冷えたビールを飲んで美味しい料理に舌鼓を打ちつつ、いろいろ考えさせられた映画の内容について感想や意見を交わして過ごす時間は想像以上に楽しかった。

もっとずっと一緒にいられたらいい、と途中何度願ったかしれない。

いつの間にかすっかり打ち解け、口も滑らかになっており、気がついたときには二時間以上経っていた。

まだまだ名残惜しい気持ちでいっぱいだったが、いずれは切り上げなくてはいけないときがくる。

ここは折半にして会計をすませ、歩道を歩いて地下鉄の駅方面に向かう道すがら、充彦は須藤にあらためて付き合ってもらったお礼を言った。

「こちらこそ。煙たいはずの上司と二人で休みの日なのにかえって気疲れさせたんじゃないかと気にしているよ」

「いや、そんなことないです。楽しかったです」

充彦はぎこちなく言い募る。

常識的には須藤の感じ方のほうが一般的かもしれないが、充彦は微塵もそんなふうには思っていない。

「すみません、遅くまでお引き留めして」

「こっちの科白《せりふ》だよ、それは」

「僕は何時まででもかまわないんです。部屋に帰っても待っているのは洗濯物だけですから」

「本当にね、きみがフリーだっていうのはいまだにちょっと信じがたい気がするけど」

須藤は本気で納得しかねるように首を傾《かし》げる。

「課長と違って僕は学生の頃から女子には相手にされた例《ためし》がないんです」

卑屈な印象を与えないよう、精一杯明るく充彦は言った。実際、女性にもてないことを気にしたことは一度もない。ゲイだから当然だ。だが、須藤にはゲイだと知られたくなくて、残念がるふりをする。

「近寄りがたい雰囲気があるのかもしれないなぁ」

須藤は真面目な顔で呟《つぶや》き、何事か頭の中で検討し始めた様子を見せる。

「僕がもっと顔が広くて社交家ならね。上司らしく素敵な女性を誰か紹介できたかもしれないんだけど」

そうじゃなくて、と充彦は逆に狼狽《うろた》えた。

「いえ、僕はまだそういうことはいいんです！」

焦るあまり妙に力んで懸命な感じになってしまう。

恥ずかしがって動顚《どうてん》したのだと須藤は思ったのではなかろうか。

「それより今は趣味の合う友人と余暇を過ごしたいほうなので、どうぞお気遣いなく」

「だったら、僕も今日みたいな付き合いをまた気兼ねなくさせてもらおうかな」

途中、会話の方向性がぶれかけて仰天したが、最後は充彦が最も欲しかった言葉で締め括《くく》られた。安堵と同時に腹の底から歓喜が湧く。

「またお誘いしてもいいってことでしょうか。ありがとうございます」

「夕方からぶらりとくらいだったら、いつでもＯＫだよ。朝から一日張り切らなくちゃいけないようなのは根がぐうたらな僕には無理だが」

須藤は外見の爽やかさとは裏腹に年寄りじみた発言をする。

気取らない、と言うのとも少し違う気がするが、何にせよ充彦には微笑ましかった。

「次はじゃあ……夜のテーマパークなんてどうですか？」

わざと須藤が敬遠しそうな案を出すと、須藤は充彦の予想通り渋面になりかけたものの、ふと思い直した様子で眉間の皺を消した。

「これからどんどん涼しくなるし、一度くらいそういうのもいいかもしれないね」

「え、本気ですか？」

今度は反対に充彦が困惑する番だった。

これで、妻が東京に来たときの予行練習、だと言われたら応えるな、と頭の片隅で想像を逞《たくま》しくする。

いざとなるとポーカーフェイスが得意な須藤は、返事の代わりに含みを込めた笑みを浮かべ、充彦の心をいっそう掻き乱すばかりだった。

II

1

元来須藤は人を好きだとか嫌いだとかあまり感じないほうだ。

もちろん合う合わないはあるし、そのときどきの接し方において不快だったり好ましかったりということはあるが、だからといって一人の人間を嫌悪したり、否定したりはしない。

しかし、最近そのスタンスが崩れるかもしれないと思う瞬間がしばしば訪れるようになり、自分自身戸惑っている。

原因は小峰梨沙だ。

彼女の執拗《しつよう》さ、身勝手ぶり、厚かましさは須藤の想像と許容範囲を超えていて、ほとほと対応に困ってしまう。須藤は決して短気なほうではないと思うのだが、嫌がらせとしか思えない頻度で纏わり付かれ、色仕掛けであからさまに迫ってこられるようなことが続くと、いい加減堪忍袋の緒が切れそうになる。

以前から視線は感じていたが、小峰が実際に行動に出たのは一月半ほど前の『とみ岡』が最初だ。その後しばらくの間は、じっと見つめられたり、廊下やリフレッシュルームで二人だけになったときに思わせぶりな言動をしたりという、それまでとさして変わらない手で須藤を煩わせるだけだった。まだ小峰の側にも駆け引きを愉しむ余裕があった気がする。

ちょっとむきになってきたのでは、と気になりだしたのは、名古屋出張の一週間後くらいからだ。『とみ岡』での出来事以来、須藤の態度がいくぶんそっけなくなったことに対する不満や苛立《いらだ》ちを抑えがたくなったからではないかと思う。

確かに須藤は小峰と仕事以外で話をするはめになると、態度を硬くした。付け入る隙を見せまいと自衛心を働かせた結果だが、プライドが高くて自信家の小峰にはそれが不服だったのだろう。須藤に無視され、自分を否定されたかのような心境になり、このままではすまさないと意地になった気がする。

できればもう関わりたくない、業務上必要なやりとりのほかは極力避けたいのが須藤の本音だ。小峰にも須藤の気持ちはとうに伝わっているはずだから、よけいなことを考えるのはやめて、普通に上司と部下として接して欲しいところだが、小峰の行動は過激になる一方だ。態度をあらためてくれそうな気配はまるでない。

ふうっ、と重苦しげな溜息《ためいき》が口を衝く。

「お疲れですか？」

たまたま須藤に承認印を求めにきた充彦に見られていたらしく、心配される。

「ん、少しね」

須藤は苦笑してみせながら充彦の手から書類を受け取った。

充彦とは名古屋出張後に映画を観に行ったのをきっかけに、公私共に親しい付き合いが続いている。お互い一人暮らしで、休日は暇を持て余しているので、毎週のように待ち合わせて会っている。

まさか本気で誘ってきはしないだろうと思っていたテーマパークにも行った。土日祝日は午後三時以降に入場できるというチケットを充彦が用意してきて、断るに断り切れなくなったのだ。家族連れやカップルが多い中、三十前後の男二人連れは結構目立ったのではないかと思う。しかし、人目が気になったのは初めのうちだけだった。充彦とまったり園内を歩き回り、比較的空《す》いているアトラクションを体験することにすっかり熱中し、閉園間際まで愉しめた。

映画にもまた行った。食事だけしに出かけた日もある。

付き合いが深くなればなるほどお互いに気心の知れた仲になり、構えることなく一緒にいられるようになった。

優しく思いやり深い充彦の存在は須藤にとって今や欠かせないものだ。充彦に対しての須藤も同様であればいいと願っている。

充彦とならば、何をするでもなく同じ部屋で寛いでいるだけで心地いい。

癒され、安堵している自分に気づく。

なんでも話して相談し合える関係にすでになっていると思う。

とはいえ、小峰のことはさすがにちょっと言いづらく、充彦にも全部は話していない。

一度、冗談めかして、

「僕はどうやら彼女に男として狙われているらしい」

と洩《も》らしたことがあるくらいで、具体的にどういうアプローチを受けたかなどは打ち明けていなかった。

一つには小峰のプライバシーを侵すのは悪いという須藤なりの良識があるためだ。

だが、一番の理由は、部下の女性一人御せず、翻弄《ほんろう》されている様を充彦にさらけだすのがいやだから、というものである。男としていささか腑甲斐なさすぎる気がして、素直になれない。充彦の手前、見栄を張っているのかもしれなかった。

とにもかくにもこのまま相手にならずにいれば、いずれ小峰も須藤にかまっても無駄だと悟り、退くだろう。それまでの辛抱だ。そう思っていた。

怒らせると厄介《やっかい》そうな性格の持ち主であることは想像に難くなかったが、社会人としての理性や常識が当然歯止めになるはずだと高を括っていたところはある。小峰は仕事のできる頭のいい女性だ。道義にもとるようなまねをするとは思わなかった。最低限の良識は持ち合わせているものと信じていたのだ。

須藤は承認のサインを入れた書類を充彦に差し戻すと、

「今度の土曜日は釣り堀に行くというのは？」

と声を低めて聞いてみた。

須藤の立場上、充彦だけ特別扱いするのはまずく、休みのたびに二人で会っていることはおおっぴらにするべきではないと考え、伏せている。それで自然と小声になった。べつに疚《やま》しいことをしているわけではないのだが、中には不公平だとか贔屓だとか文句をつける者がいるかもしれない。小峰など絶対にいい顔はしないはずだ。

「ええ、ぜひ」

充彦も心得ていて、短く答える。

生き生きと輝く目を見れば、充彦の気持ちは手にとるようにわかる。わざわざ言葉にしてもらわなくてもいいくらいだ。

「今夜帰って電話する」

詳細な打ち合わせはそのときだ。

とりあえず須藤は充彦から快い返事をもらえて満悦する。

ふと、肌に突き刺さるような鋭く悪意に満ちた視線を感じたのは、充彦が課長席の前を離れたあとだ。

ゾクッとして顔を上げ、さりげなく辺りを見渡す。

小峰は席にいなかった。フロア内の目につく場所にも姿は見えない。

それでも今しがたの攻撃的な注視は小峰によるものだとしか考えにくかった。疑うのは失礼だと承知しているが、ほかに心当たりもない。

弱ったものだとまた溜息が出る。

小峰に一方的に執着され、須藤としては巻き込まれただけだという気持ちが強いが、反面、部下の一人もうまくあしらえないのか、と言われれば反論できない。上司としての能力に問題があるのではないか、と厳しい判断を下す者もいるだろう。

腹を括り、一度小峰とちゃんと話をしたほうがいいのかもしれない。うやむやのまま避けたり逃げたりすれば、いつまで経ってもケリがつかない気がする。頃合いを見てランチにでも誘ってみよう。そういうときにもってこいの、落ち着いて話のできるカジュアルフレンチの店がある。問題のある部下と腰を落ち着けて話をするときよく使う場所の一つだ。

意を決すると、憂鬱だった気持ちが少なからず軽くなった。

次に小峰が須藤を待ち伏せして擦り寄ってきたとき言おう。

そう心に決めていたのだが、おかしなもので、須藤のほうが小峰からの接触を待つようになった途端、それまでさんざん須藤を煙たがらせた小峰の行動はぴたりとやんだ。

最初は気のせいかと思ったが、二日、三日と何事もなく過ぎると、本当にやめたようだと考えるしかなくなった。

それならそれで問題ない。手間が省けてありがたいだけの話だ。

ようやく小峰も無駄なことに時間をかけるばかばかしさに気がついてくれたのかと、純粋に嬉しかった。

狙い定めたようなまなざしを向けられることもなくなり、フロアを出たところにいきなり現れて、飲みに連れていけだの、休みの日に会ってくれだのと執拗にねだられることもなくなった。

勤務中は普通に仕事の話だけをする。

小峰の態度を見る限りおかしなところはなく、須藤に対しても以前のようにてきぱきと仕事を片づけ、筋の通った発言をし、残業を頼んでも嫌な顔をせずこなす。責任感の強い、有能な事務職ぶりを遺憾《いかん》なく発揮する。

須藤を振り向かせられなかったからといって根に持っている様子は微塵も感じられない。何がきっかけで気持ちの切り替えができたのか知らないが、まるで手のひらを返したような変わり様だ。

狐に摘《つま》まれたかのごとき腑に落ちなさはあるものの、目を覚ましてくれて助かったと安堵する気持ちが先に立つ。

そうなると不可解なのは、最後に感じた鳥肌が立つような毒々しい視線の主が誰だったのかということだ。

まさかとは思うが、どこかでほかの誰かの強い恨みを買うようなまねをしたのだろうか。

あれこれ反芻してみても、これといって思い当たることはなく、首を傾げるばかりだ。

気にはなるが、あのとき一度きりのことではあるし、実害があったわけでもないので、五日も経つと自然に忘れた。

十一月に入ると同時に仕事が忙しくなり、それ以外のことにかまける暇がなくなったせいもある。

小峰に付き纏われなくなって一週間以上平穏な日々が続いていた。

須藤の中では小峰の件はすっかり片がついた気になっていたのだが、土曜の午後、いきなり携帯電話に彼女から着信があり、久々に眉を顰めた。

「もしもし？」

何事かと訝る調子が声に表れる。

もしやまた始めたのか、とげんなりする思いだった。

これからまさに充彦と待ち合わせて釣り竿《ざお》を専門店に見に行こうとしていたところだっただけに、煩わしいと感じる気持ちが如実に出てしまう。先週初めて釣り堀に行き、釣りの面白さに二人して嵌ったのだ。手始めに自分の竿を持ってみようかということになり、今日の約束になった。

『お休みの日に申し訳ありません』

小峰の声音は真剣で丁重だった。変に甘えた様子もなければ、今にもしなだれかかってきそうな雰囲気も感じさせない。むしろ、ピリピリとした緊迫感を醸し出していて、須藤はたちまち気を取り直した。仕事中は常に冷静で落ち着き払っている小峰が珍しく動揺しており、普段より若干早口になっている。そのことが須藤に緊急事態の発生を考えさせた。

「どうした。何かあったのか？」

休日に部下から硬く緊張した声で電話がかかってくる可能性がいくつか頭に浮かぶ。

本人が事故に遭ったのか、近親者に不幸があったのか、はたまた業務上何かトラブルが起きたのか。

『実は先ほど税関から連絡がきまして、中国から発送された商品三百箱の書類が不備だということで、荷物が止まってしまったようなんです』

小峰はたまたま会社に忘れ物を取りにきて、この報せを受けたと言う。

件《くだん》の荷物はセール用にとある大手百貨店から受注した大口の取引商品で、期日は絶対厳守しなければならないものだ。すぐに対処しなければ大変な問題になる。

「わかった、すぐに行く」

須藤は小峰から受けた通話を切るや、スーツに着替えてトレンチコートを羽織り、地下鉄に飛び乗った。

充彦には駅で電車を待つ間に電話をかけ、詳しい事情の説明は抜きにして、急遽会社に出なくてはいけなくなったとだけ伝え、約束をキャンセルすることを詫《わ》びた。

説明を省いたのは、話をするうちに電車が入線したからというのもあるが、話せば充彦は心配し、自分も会社に行くと言い出すに違いなかったからだ。この件には充彦はまったく関わっていない。その彼まで会社に来たら、小峰がなぜと不審に思うのは明らかで、やぶ蛇になりそうな予感がした。須藤には、同じ部下であるにもかかわらず、小峰のことは遠ざけて充彦とは過ぎるほど親しくしている自覚があり、不平等なまねをしているという負い目を感じている。せっかく落ち着いてきた小峰を刺激したくないという気持ちも働いた。

幸い充彦は『そうですか。大変ですね』と残念そうにしただけで、しつこく何があったのか聞き出そうとはしなかった。控えめで常に立場を弁《わきま》えて行動する充彦らしい。

「埋め合わせはまた今度」

須藤は恋人にでも謝るように告げ、温かな気持ちに包まれた。

充彦にはそんな言葉を自然と言いたくなる雰囲気がある。文句や愚痴を決して口にせず、気配りができて優しい人柄に、須藤ははっきり惹かれていた。彼のために何かしてやりたい、喜ばせてやりたい。そんな感情が会うたび強くなる。部下をここまで可愛いと思うのは初めてだ。そもそも、ほかにこんなふうに親密な交流を図った部下はいない。

急いで会社に駆けつけ、通用口から警備室の前を通り、社屋に入る。

「お疲れ様です」

警備員は入館記録帳にサインする須藤がいつになく上の空で焦っているのを見て、何事だという顔をしていた。

エレベータが六階に着くなり箱から飛び出してフロアに走り込む。

パーティションで課ごとに仕切られた広いフロアには、見渡す限り人気がなかった。いつもはぱらぱらと休日出勤している社員の姿があるのだが、今日に限って誰もいない。

珍しいなと思った端から、あぁ、そうかと合点する。

今週末は須藤の課を除く他の生活スタイル部は、課ごとの慰安旅行に出かけているのだ。行き先はそれぞれ違い、日にちが重なったのも偶然らしいが、ここを逃すと締め日の関係から一泊二日の旅程を組むのは難しい課が多く、半ば必然的にこうなったようだ。須藤たちは課内アンケートの結果、泊まりはなしで都内の高級旅館で会食するという案が通り、来週平日の勤務後に日にちが設定してあった。

閑散としたフロアを大股に歩き、自分の課のある場所に顔を出す。

「小峰君」

須藤はトレンチコートを脱ぎながら、席に座っている小峰に声をかけた。

少し暖房が効きすぎている。ただでさえ途中走ってきた須藤は、汗ばんだ首筋を手のひらで押さえ、天井を見上げた。セントラルヒーティングの吹き出し口が課ごとに設けられていて、温度を調節できるようになっている。

「あ、課長！　お早かったですねぇ」

勢いよく立ち上がった小峰がこの場にふさわしからぬ華やかで満悦した笑顔を向けてくる。この時点で須藤は謀《はか》られたことに気がついたが、あまりの非常識さに唖然《あぜん》としてしまい、呆《あき》れて言葉が出なかった。

嘘だったのか、とまずトラブルがなかったことに対する安堵。続いて、小峰に対する軽蔑と憤りがふつふつと湧いてくる。

「いったい何を考えているんだ、きみは！」

須藤の形相は怒りに強張り、赤らんでいたのではないかと思うが、小峰は怯《ひる》むどころかしゃあしゃあとして両手のひらを打ち合わせ、目を輝かす。

「怒った顔も素敵」

眩暈《めまい》がしそうだった。

小峰の何もかもが理解できない。常軌を逸しているとしか須藤には思えなかった。

「無駄足だったようだから僕はこのまま失礼する」

怒りが深くなればなるほど感情を冷ましていくタイプの人間がいる。須藤はまさにそちらだった。

自分でもゾッとするほど低く冷たい声が出る。

ちらりと一瞥《いちべつ》した小峰の席に、化粧ポーチや携帯電話、チョコレートの箱、ファッション誌などが雑然と置かれているのを見て取り、激しい嫌悪を湧かせた。

「えー、いらしたばかりじゃないですか」

仕事のときとはまるで違う、鼻にかけて甘ったるく作った声、媚《こ》びを含んだまなざし。

アフター5仕様の濃い化粧が施された顔は、慣れないのでどこを見ていいかも迷う。

このまま踵を返して立ち去るつもりだったが、いつもと雰囲気の違う小峰に腑甲斐なくも気圧《けお》されて、即座に動けなかった。

気取った足取りで近づいてくる小峰を呆然《ぼうぜん》と見据え、立ち尽くす。

須藤の近くまで寄ってきた小峰は、派手に作った顔を擡《もた》げ、いかにも容貌に自信のある素振りをする。

小峰は須藤より二十センチ近く背が低い。

最近ずっと意識してきた身長差は充彦との十センチあまりだったので、小峰がことさら小さく感じられる。このところめったに存在を意識しなくなっている妻とも、以前はこんな形で向き合っていたのだったと、遠い昔のことのように思い出す。

「コート、皺になりますよ」

久しぶりに妻のことを考えてぼんやりしている隙に、奪い取るようにして腕にしていたトレンチコートを持っていってしまわれた。

文句を言う間もない。

手近な席の椅子の背に丁寧にたたみ直したコートをかける小峰を、宇宙人であるかのように凝視する。

「今日も素敵なネクタイ。斎さん、ほんとセンスいいですよね」

「やめなさい！」

伸びてきた手を身を退いて避け、須藤は硬い声でぴしゃりと遮る。

「きみにそんな呼ばれ方をされる筋合いはない」

斎さん、などと馴れ馴れしく口にされ、全身総毛立つ。

「じゃあ、須藤さん？」

撥《は》ねつけられても小峰は痛くも痒《かゆ》くもなさそうに笑う。

須藤は脇に下ろした手で拳《こぶし》を握り、そっぽを向いた。何を言っても無駄だと悟り、苦々しさと疲弊感でいっぱいになる。

「危惧《きぐ》した事態は避けられたわけですから、これからどこかに連れていってもらえません？」

「断る」

いざとなると須藤はとりつく島もなく冷淡になれる。

それまで余裕たっぷりだった小峰の表情がにわかに険しくなった。

「お高く止まってらっしゃるんですね、エリートさんって」

秋らしい深みのあるベージュ色に塗った唇を歪め、小峰は意地の悪い顔つきで毒を吐く。

「ムカツク」

それはこっちの科白だ。須藤はひとりごちた。

小峰を蔑《さげす》んだまなざしで見下ろす。

何を思ったのか、小峰はそれに対して機嫌を直したように笑みを浮かべた。

「って、怒ったところで仕方ないか。……課長、本当はゲイなんでしょ？」

「なんだって？」

予想もしない言葉を投げつけられ、須藤は目を瞠る。

どこからそんな根も葉もない話が出てくるのかと不快になる。

「惚《とぼ》けようとしてもだめ。私知ってるんですから。課長が綿貫君と毎週のようにデートしてること」

ここでいきなり充彦の名が出てきて須藤は動揺した。

「彼とはそんな関係じゃない！」

ばかばかしいと一笑に付せばよかったのだが、動顛のあまり言い訳めいた言葉を繋《つな》げてしまった。

「ときどき会って映画を観たり釣りをしたりしているだけだ」

「私の誘いは歯牙《しが》にもかけないのに、綿貫君とはそんなにいろいろお付き合いしてるわけで

しょ。奥さんとはもうずいぶん没交渉みたいだし、疑われても仕方なくないですか？　違うっておっしゃるんなら、証明してみせてくださいよ。でないと私、社内で言いふらすかもしれませんよ」

「黙りなさいっ！」

須藤は柄にもなく激昂《げっこう》し、どさくさに紛れるようにして身をすり寄せてきた小峰の体を押しのけた。

そんなにひどく突き飛ばしたつもりはなかったが、小峰はよろけた拍子にバランスを崩し、十センチはありそうなピンヒールを床で滑らせたらしい。

キャッ、と悲鳴を上げて転倒し、尻餅《しりもち》をつく。

一瞬はっとして小峰に腕を差し伸べかけたが、ここで手を取れば次にどんな迫り方をされるかわからず、躊躇した。

幸い、怪我《けが》らしい怪我もなく、ただ転んだだけのようだったので、その場に小峰を残し、トレンチコートを摑んで足早に立ち去った。

「ちょっと、課長っ！　何よ。ばかっ！」

聞くに堪えない卑猥《ひわい》な罵《のの》りが次から次へと垂れ流される中、須藤は脇目もふらず逃げた。

逃げたと認めるのは癪《しゃく》だが、事実なので仕方がない。

もう小峰にはうんざりだ。人事と掛け合って配置換えを願い出たいほど嫌気がさしている。

充彦と離れるのは不本意だが背に腹は代えられない心境だった。

六階のエレベータホールの手前で、巡回中のガードマンと出会した。

勢いよく歩いてきた須藤は、壁の陰から姿を見せたガードマンと出会い頭にあやうくぶつかりかけ、ヒヤリとした。

すみません、と口走り、閉まりかけていたエレベータの扉に飛びつく。

これを逃して次が来るのを待つ気にはとうていなれず、傍目にはさぞかし狼狽えているように見えただろう。

家に帰り着くといっきに疲れを感じ、何をする気にもなれずにベッドに横になった。

騙《だま》され、まんまと呼びつけられてのこのこ出かけていった自分の軽率さに腹が立つ。仕事上のトラブルが起きたかのごとく装った小峰の狡猾《こうかつ》さにも反吐《へど》が出る。ほかの理由を言われたなら、おそらくこれほど焦らなかった。須藤の責任感を利用されたようで許し難い。

あの後、小峰もちゃんと家に帰っただろうか。自棄《やけ》を起こしてさらなる問題行動に出ていなければいいが、と一抹の不安も頭を過る。

何より須藤が危惧するのは、小峰の攻撃の矛先が充彦に向けられるのではないか、ということだった。

充彦にまで手を出されたら須藤は平静ではいられないだろう。

本気で小峰を許せなくなりそうだ。

いったいどうやって知ったのか、須藤が充彦と頻繁に会っていることまで小峰は突き止めていた。まるでストーカーのようだ。気味の悪さに背筋が寒くなる。

あれこれ考えているうちに、月曜日に会社で小峰と顔を合わせるのが憂鬱になってきた。

もう口も利きたくないと思うが、さすがにいっぱしの社会人がそんな子供のようなことをするわけにはいかない。

やはり、月曜日早々に小峰を会議室かどこかに呼んで話をしよう。

前にも考えたことを須藤はもう一度決意した。

あのときは小峰の様子が落ち着いたように見えて、結局話すことなく流してしまったが、そもそもそれがまずかった気がする。

とにかく月曜日だ。

須藤はすうっと大きく息を吸い込んだ。

週明け、まさかの事態が須藤の身を襲い、これまで積み重ねてきたことすべてを根こそぎ蹴散らす事態が待ち構えていようとは、想像だにしなかった。

2

月曜の朝、いつものとおり出勤した充彦は、課内に漂う空気が妙に重苦しく沈鬱なことに気づき、いったい何があったのだろうと不穏な心地になった。

こんなとき充彦が一番話しかけやすいのは同期の小峰だが、小峰はまだ出社していないようで、机の上は片づいたままだ。

須藤も離席している。どうやら出社するなり上司に呼び出されたらしく、いつも通勤の際に提げている鞄と、見慣れたトレンチコートが、机の上に無造作に置かれていた。

誰か事情を知っていそうな者がいないかと見回すと、コピー機の前で女子社員が三人固まり、ひそひそと囁《ささや》き合っているのが目に入る。

あそこに入っていって「何かあったの？」と聞くのは気が引ける。

かといって、気難しげな顔つきで一人そわそわしている万年係長のところに行っても、たいした情報は得られそうにない。彼自身、何がなんだかわかっていない様子だ。

課のお局《つぼね》様的存在の先輩社員は、私には関係ありません、という態度でパソコン画面を睨《にら》んでいる。こちらもちょっと取っつきにくい。

そうこうするうち、充彦の二つ下になる後輩、濱田《はまだ》が缶コーヒーを手に戻ってきた。彼の席は充彦の隣だ。

「なんか今朝、うちの課だけ雰囲気変じゃないか？」

充彦は椅子をずらして濱田に近づき、ぼそっと耳打ちする。

「綿貫さん、知らないんですか？」

「だから何を？」

今度は濱田のほうが充彦の耳に口を寄せ、低めた声で言う。

「一昨日ここで重大な風紀違反があったらしいですよ」

「風紀違反？」

にわかにはピンとこなくて充彦は眉を顰め、鸚鵡《おうむ》返しにする。公休日に社内で誰かが問題を起こしたようだ、ということだけは理解した。

「自分的には信じがたいっすけどね」

そう言って濱田がちらりと視線を流した先を見て、充彦はまさか、と目を瞠った。

「おい、それ、須藤課長に関係した話なのか？」

「……だから、さっきからもうあっちに行ってもこっちに行ってもその話で持ちきりですよ」

「課長が、課長が何をしたって？」

信じがたさのあまりうまく言葉が出せず、つっかえながら問い質《ただ》す。

濱田は周囲に用心深く視線を巡らせ、さらに声のトーンを落として充彦の耳元で囁いた。

「今日、小峰さん休みなんですよ。足を捻挫《ねんざ》したとかで。朝その連絡を部長宛に入れてきたとき、須藤課長に社内で襲われたようなことを言ったらしいんです。土曜日たまたま用事があって会社に立ち寄ったら、課長もあとからやって来て、しばらくここで二人きりになった。

そのとき何やらあやしい雰囲気になって……ってことみたいですよ」

「嘘だろう。だって、あの須藤課長が社内で部下に手を出すなんて、そんな馬鹿なことするはずがないじゃないか」

充彦の頭の中では、嘘だ、嘘だ、と否定の言葉が渦巻いていた。

仮にそれに近いことがあったとすれば、それは小峰が須藤を襲ったに違いなく、須藤はむしろ被害者なのではないか。充彦にはそうとしか考えられない。

須藤は以前、小峰に迫られて困っていた。その後どうなったかは聞いていないが、狙い定めた相手は必ず落とすのが信条だと自ら豪語していた小峰があっさり諦めたとは思えず、以降もなんらかのアプローチを受けていた可能性は高い。

あの日の午後、須藤は突然充彦との約束をキャンセルしてきた。

これから急に会社に行かなくてはいけなくなった——確かそう言っていた。

おそらく、なんらかの無視できない理由をつけて、小峰が須藤を呼び出したのだ。

くそっ。充彦は胸の内で唾棄《だき》する勢いで舌打ちした。

「今、部長が話を聞いて事実関係を確かめてるみたいっすよ」

俺も信じたくはないですけどね、と言って濱田は首を竦《すく》める。いつも世話になっている直属の上司を信じたい気持ちと、男なら魔が差すこともあるかもしれないと疑う気持ちとが半分半分のようだ。

「何かの間違いに決まってる」

部長も小峰の言い分だけ信じて、須藤の訴えには耳を貸さない、などという不公平な判断の仕方はしないだろう。

朝礼の時刻になったが、須藤はまだ戻ってこなかった。

その後の課内ミーティングは係長が代行した。

皆、不安を露《あらわ》にした神妙な顔つきで、課長はどうなるのか聞きたそうにしていたが、係長に答えられるはずもなく、やる気の出ないまま各自席に着く。

充彦は須藤のことが気がかりで仕事どころではない心境だ。

とにかく須藤の顔を見ないことには、何も手につかない。こんなことではだめだと重々わかっているが、心配で胸が締めつけられ、頭が働かなかった。

ちらちらと課長席に目をやりながら一時間ほど悶々《もんもん》と過ごす。

仕事はいっこうに捗《はかど》らず、ついに充彦は気持ちを切り替えようと手洗いに立った。

洗面台で顔を洗い、鏡の前に出しておいたタオルハンカチに手を伸ばす。

そのとき、ドアが開いて誰かが入ってきた。

鏡を見ながら濡れた顔を拭《ふ》いていた充彦は、背後を横切ったのがほかならぬ須藤だと知り、バッと振り返った。

「斎さん!」

社外では「課長」はやめてくれ、と須藤にやんわり言われたのを機に、充彦は須藤を名前で呼ぶようになっていた。照れくさそうにしながらも須藤もそれでいいと承知したので、二人のときは自然とその呼び方が板につきだした。今も咄嗟《とっさ》にそれが出た。

隣の洗面台に立った須藤は疲れているようだった。

少し青ざめた顔が痛々しく感じられて、充彦は胸が痛んだ。

「大丈夫ですか?」

鏡越しに須藤を見つめ、恐る恐る聞く。

須藤は鏡の中で充彦としっかり視線を合わせ、僅かに微笑んでみせる。

「正直、今回はさすがに痛手を受けたよ」

充彦にだから弱みを晒すのか、もともと衒《てら》いのない性格だからか、須藤は突っ張らずに答え、ふっと溜息を洩らした。

「課の皆にも迷惑をかけたな」

「いえ、そんな。……それより、どうなったんですか。誤解ですよね? 上の人たちは須藤課長の言い分をちゃんと聞いてくれたんですか?」

充彦は畳みかけるように質問した。

須藤は水を出して手を洗い、目元を指先で拭いつつ、「ああ」と頷いた。

「小峰君の訴えとは食い違う部分があるが、彼女を転倒させた責任は認め、それ以外の点は否定した。おそらく感情的な行き違いから僕の与《あずか》り知らぬ話になっているんでしょうと、きっぱり言ったよ」

淡々とした冷静そのものの口調で須藤は部長と交わしたやりとりを教える。

憔悴《しょうすい》しているようなのにたいした精神力だと充彦は感嘆し、須藤をこんなふうに追い込んだ小峰に対する怒りが増した。

「誰もその場に居合わせず、お互い主張を曲げない場合は水掛け論になる。もう一度小峰君にも面談で話を聞くと部長はおっしゃっていたが、事実は僕の言葉どおりだ。僕の話に齟齬《そご》がないことは部長も納得してくれた。おそらく今回の一件は、双方お咎《とが》めなしという結論に達するだろうと思う」

だから心配してくれなくて大丈夫だよ、と須藤の真摯《しんし》なまなざしは語っていた。

「問題は事実とは無関係に広まる噂話の類だが、これればかりは僕にも防ぎようがない」

努めて明るい口調で須藤は言う。

口元は綻《ほころ》んでいるが、目が全然笑っていなくて、充彦には須藤が無理をしているとしか思えず、痛々しかった。きっと参っているに違いない。

充彦の前ではいくらでも素のままをさらけだしてもらってかまわないのに、須藤はこういうとき自分より相手の心情を慮《おもんぱか》る男なのだ。

充彦はせつなくなった。

「僕は須藤課長を信じます。もし僕にできることがあれば、なんでもしますので、どうか遠慮せず言ってください」

「ありがとう」

須藤は心の籠もったお礼の言葉を充彦に返してくれた。

「でも、僕のことは心配するには及ばないよ。小峰君の話を裏付けるような証言も出ているみたいだが、僕自身が自分の潔白を信じている以上、怖くない」

凛然《りんぜん》と言い放った須藤は堂々としていて惚れ惚れするほど男前だった。

充彦の胸の内にひそかに巣くった恋情が膨らむ。

好きだ。須藤のことがどうしようもないほど好きだと思う。

須藤の言う証言とは、慌ててエレベータホールに駆け込んできた須藤を見た、というガードマンの弁を指すらしい。そのときの様子が尋常でなく、何かあったに違いないとガードマンは思ったそうだ。直後にフロアで床に蹲《うずくま》って啜《すす》り泣きしている小峰を見つけ、念のため救急車を呼んだという。

おそらく小峰もそこまで大仰な事態になって、実はたいしたことありませんでした、では引っ込みがつかなくなったのではないか。いつまで経ってもいっこうに靡《なび》かない須藤に対する逆恨みもあっただろう。小峰は恥をかかされたら相手に憎悪を抱き、報復を考えるタイプのような気がする。プライドが高く、自信過剰でもあるので、矜持《きょうじ》が傷つくことを何より嫌うのだ。少なくとも粘着質であることは、これまで彼女を見てきた限り間違いなかった。

「須藤課長だけじゃありません。皆、信じています」

充彦が力を込めて言うと、須藤は一瞬目を見開き、それから嬉しそうに微笑して、「そうだね」と頷いた。

3

結局、小峰との一件は不問に付され、お咎めなしということで落ち着いた。

しかし、危惧したとおり噂話は治まらず、勝手な推測による尾ひれがついて社内でまことしやかに囁かれ続けている。

小峰は二日休んで職場に復帰したが、あからさまに須藤を避ける態度をとりだした。同僚たちには性懲りもなく自分に都合のいい作り話を繰り返し、信じてもらえないと泣いたりしてみせているらしい。

課内の空気はよそよそしく淀《よど》んだままで、決して居心地のいいものでなくなっていた。

須藤にとって唯一の救いは、充彦が傍にいてくれることだ。

「僕は何があっても斎さんの味方です。斎さんを信じています。だから、斎さんも僕を信じてください」

熱の籠もる真摯な口調でそう言われたときには、腑甲斐なくも涙が出そうだった。

精神的に弱っているのが自分でもわかる。

部下の愚痴を聞くことはあっても、自分のほうが部下に落ち込んだ姿を見せるなど、以前は考えもしなかったが、そのまさかが現実になってしまった。

「妻がね、離婚したいと言ってきた」

雰囲気のいい静かなバーのカウンターに充彦と並んで座ってウイスキーをロックにしたグラスを揺らしながら、須藤はぽつりと打ち明けた。

会社帰りに、充彦のほうから「飲みに行きませんか」と誘われ、ここに来た。

二人でゆっくり話すのは騒動以来初めてだ。

「奥様に話したんですか?」

そんな必要はなかったのでは、と充彦は綺麗な顔を顰める。

「僕は話してないよ」

身に覚えのない疑いをかけられただけなのだから、わざわざ夫婦の間に波風を立てるようなまねをするはずがない。

「誰かが妻に電話をかけて注進したらしい。女性の声だったそうだ」

淡々と話せるのは、すでに妻との仲が冷え切っていたせいだ。

このことがなくてもいずれ別れ話は持ち上がっただろう。そうした心積もりは前からしていたので、離婚話を切り出されたこと自体は驚かなかった。

ただ、鬱陶しい、と感じただけだ。

電話の主は十中八九、小峰だろう。それがもう、どうしようもなく煩わしく、彼女のしつこさに寒気がする。厄介な相手を引き寄せてしまった、と自分が恨めしい。

「彼女、そんなことまで」

充彦も電話の相手は小峰だと考えたらしく、唖然とした様子で呟いた。

「……参っているよ」

この際だったので、須藤は年上だということも、上司であることも打ち捨て、意地を張らずに充彦の前で弱音を吐いた。

はっとしたように充彦はカウンターの上で腕組みをして項垂《うなだ》れた須藤に体を近づける。

「斎さん」

大丈夫ですか、と続けるところだったのだろうが、充彦はその言葉は口にせず、代わりに須藤の背中に手を当てた。

大丈夫なはずがないことは見れば明らかで、充彦は常套句《じょうとうく》を省いて親身に寄り添うことを選んだようだ。

本気で心配されているのがひしひしと伝わってくる。

肩や背中を思いやり深く撫でられ、須藤は心の底から癒された。

「きみがいてくれてよかった」

感謝の言葉が口を衝く。

「斎さん」

充彦の手にいっそう気持ちが籠もった気がした。

須藤は顔を上げ、心配そうにこちらを覗《のぞ》き込んでいる充彦と目を合わせる。

「たぶん妻とは別れることになる。それはもう覚悟しているんだ。無理に続けてもお互いのためにならないしね」

充彦はなんと返せばいいのか迷うように睫毛を瞬《しばた》かせる。

「もっと早く決意していればよかったんだ。そうすれば根も葉もない噂や中傷で妻にまで嫌な思いをさせずにすんだ」

「そんな。一番傷ついていらっしゃるのは斎さんなのに、そこまでご自分を責める必要はないですよ」

「ありがとう。きみは優しいね」

須藤は充彦に向けてふわりと笑った顔を見せ、グラスを持ち上げ、ウイスキーを一口飲んだ。カラン、と氷の塊がグラスに当たり、涼やかな音を立てる。

今度は充彦のほうが、グラスを両手で囲って中身を上から見下ろしたまま、じっと固まったように動かなくなっていた。

整いきった横顔がほんのり赤くなっている。

肌が白いので朱が差すとすぐわかる。

「相変わらず照れ屋だな」

ついからかいたくなって言うと、充彦はますます頬《ほお》を色づかせた。

綺麗だとなんの違和感もなく思う。男にも美人はいるものだ。

不思議なのは、これだけ恵まれた条件を揃《そろ》えているというのに女性の影をまったく感じないことだ。女子社員の間では、充彦は『プリンス』だとか『観賞用の男』と呼ばれているらしい。あまりにもできすぎていて現実味がない、生々しさがなくて付き合ったらどうなると具体的な想像ができない、という声も聞いている。なるほど、わからなくはないと須藤も思う。充彦には生身の男の持つ欲望がまるで感じられず、どこか二次元めいたところがある。

「早く僕も気持ちを切り替えないととは思うんだけどね」

なかなかうまく自分をコントロールできず、持て余し気味になっている。

鬱屈としたものが溜まってきているのも確かで、それを少しでも追い払いたくて、気の置けない充彦にここで甘えている。

「情けない上司でがっかりしただろ?」

「そんなこと、ないですよ」

充彦は再び須藤に顔を向け、躊躇う素振りもなく答えてくれた。

「……ありがとう」

慰めでも嬉しかった。今夜何度目になるのかわからない「ありがとう」を充彦に贈る。

「名古屋支社の田原支社長には、『おまえ何やってんだ、馬鹿野郎』ってお叱《しか》りの電話をもらったよ。詳しいことは話してないけど、僕の抜けっぷりや人付き合いのぎこちなさを知ってる人だから、何があったのかおおよそ察しはついたみたいでね。ああ、ここにも一人味方がいるんだなと思えて、心強かった」

いざとなったら俺が名古屋に引っ張ってやる、そう頼もしく請け合ってくれたことは充彦には話さずにおいた。複雑な気持ちになるのではないかと思ったからだ。

「出ようか。ラーメンでも食べて帰らないか？」

須藤は充彦のグラスが空になったのを見計らって声をかけた。

バーを出て、飲んだ帰りに何回か寄ったことのあるラーメン店に向かう。

高架に沿った道を並んで歩きながら、須藤は充彦がいつになく緊張しているようなのを肌で感じ、どうしたんだろうと訝った。

話しかけてもどこか上の空で、相槌を打つばかりだ。

胸の内に渦巻く感情を抑えようと必死に努めているふうで、ときどき唇を噛んだり、拳を握ったりする。

何か須藤に言いたいことでもあるのか、そっと視線を伸ばしてきては、目が合うなり慌てた様子で逸らす。

遠慮せずになんでも言ってくれればいいのにと思いながら、須藤から充彦に問い質すことはしないでおいた。充彦のほうから自発的に口を開くのを待つ。

充彦は焦れったいほど逡巡《しゅんじゅん》していた。

須藤は黙って歩いていたが、高架下の道を通って反対側に出るとき、声をかけなければ充彦がそのまま真《ま》っ直《す》ぐ歩いていきそうな雰囲気だったため、

「ここ、曲がる」

と肩に手をかけて充彦の体を軽く押しやった。

親しい者同士の間ではありがちな、何気ない動作のつもりだったが、充彦が弾《はじ》かれたように顔を上げ、ギョッとした顔で須藤を見たので、かえって須藤のほうが驚いた。

「あ、あ、すみません……!」

すぐに充彦は状況を把握して自分の過剰な反応を申し訳なく思ったらしく、動揺した様子で頭を下げる。

「いや、べつに謝らなくてもいいけど」

須藤は充彦を和ませようと柔らかく微笑んだ。

「斎さん」

妙に熱っぽい声で呼ばれたかと思うと、須藤は高架下の壁に背中を押しつけられていた。

街灯の灯《あか》りも差し込まない暗がりで、前を塞《ふさ》ぐように立ちはだかる充彦の顔もよく見えない。人も車もこの狭い道を通り抜けるものはめったになさそうだ。

「充彦？」

彼が何をしたいのかさっぱり読めず、須藤は当惑する。

充彦は小刻みに震えていた。

「どうしたんだ。どこか具合でも悪いのか？」

咄嗟に須藤の頭に浮かんだのはその考えだ。

壁から背中を離して充彦の体に触れようとした途端、逆に充彦の両腕が伸びてきて須藤を引き寄せ、抱き込んだ。

予期せぬなりゆきに須藤は何がなんだかわからずに頭の中が真っ白になった。

「好き……好きです」

耳朶に湿った息がかかる。

須藤はビクッとして身を竦め、さらに動顛した。

「え？　な、何？」

切羽詰まった告白に、須藤は耳を疑い、途切れ途切れに聞き返す。

何かの間違いだとしか思えず、充彦に否定してほしかった。

だが、充彦は須藤を抱き締める腕の力を強め、いっそう熱を孕《はら》んだ声で、

「あなたが、好きなんです。斎さん」

と、はっきり訴えてきた。

嘘だろう、の一言しか須藤には発せなかった。

この期《ご》に及んで「好き」の意味にべつの解釈を探そうとするほど須藤も空気の読めない人間ではない。

充彦の気持ちはわかったが、それに対して須藤が返せる言葉はなかった。

頭が混乱し、何も考えられない。

啞然としたまま口を噤んでいると、やがてじわじわと充彦の腕が緩んでいった。

すかさず充彦の体を押しのけ、身を離す。

考えるより先に体が勝手に動き、取った行動だった。

決して充彦を汚らわしいとか薄気味悪いなどと思ったわけではない。突然の告白には仰天したが、自分の身に起きたことだというふうにはすんなり捉えられず、どこか他人事のような心地で充彦を見る。

充彦は深く頭を垂れ、須藤に背中を向けて立ち尽くしていた。

「……すみません……」

震える声で小さく謝られる。

また先ほどのように笑って受け流してやれたらよかったが、今度は須藤にもそんな余裕は

なかった。

「今夜のところはやっぱり帰ろう」

誘っておいて悪かったが、とうていこのままラーメンを食べに行く気にはなれない。

そんなつもりはないのにぎくしゃくとぎこちない言動をしてしまう。

ありったけの勇気を掻き集めて、好きと打ち明けてくれたであろう充彦を思いやる心が鈍っていた。

「あの、どうか忘れてください」

充彦がようやく気を取り直した様子で体ごと須藤のほうを向く。

「気にしてないよ」

果たしてそんな返事で充彦を傷つかせなかったかどうか、須藤の判断力は鈍りきっていた。

とにかくこの場を早く切り上げたい、その一心だった気がする。

「……僕はこれからまた一軒寄っていきますので」

「わかった」

無理をしているのではないか、と心配にならないわけではなかったが、須藤は充彦の言葉をこれ幸いに、先に引き揚げた。

耳朶にかかった温かな息の感触、せつなさを感じさせる告白の言葉が須藤の脳裡にこびりついている。

好意を抱かれるのは嬉しいが、その気持ちが恋愛感情だとなると、戸惑わずにはいられない。同性からそうした対象にされるのは初めてで、頭ではそういう形の恋愛もあると理解していても、実際に受け入れられるかどうかは別問題だ。簡単な話ではなかった。

ただでさえ恋愛の機微に疎い須藤には、充彦がそちら系なのだということに今の今まで気づけなかった。須藤が鈍かっただけではなく、はっきりと態度や言葉で示されたのは初めてで、当の充彦が隠し通してきたからだろう。

充彦がゲイだとするといろいろ納得のいくことはある。

才色兼備で性格も申し分ないにもかかわらず、恋人を持ったことがないと言っていたのも女性に興味がないのならもっともだ。

あんなに素晴らしい青年なのにもったいない。須藤の思考はどうしてもそちらに向かう。

自分が充彦に応えて恋人として付き合うことなど考えもしない。初めから選択肢から外れていた。

電車に乗り、がらがらに空いた車内で座る気にもなれず、いつものとおりドアの近くに立ったまま、須藤は明日のことを悩ましく考えた。

充彦と顔を合わせて平静でいられるかどうか自信がない。

これまでと変わらぬ態度で接したいと思うが、実際にできるかどうか、いささか心許なかった。充彦のことは今でももちろん嫌いではないし、ゲイだからといって色眼鏡で見たりしないが、もう社外で個人的に会うのはやめたほうがいい気がした。

中途半端な付き合いは充彦にとって酷なだけではないかと思う。

小峰の一件からこっち、立て続けにさまざまな問題が持ち上がる。

社内での評判は失墜し、上司や同僚はもちろん、部下にまで含みのある目を向けられ、会社にいる間中肩身の狭い思いをしている。ここで覇気をなくしては負けだと歯を食い縛り、何事もなかったかのように振る舞ってはいるが、精神的に疲れ果てていた。誰も面と向かっては言わないが、心の片隅で、本当は小峰と何かあったのではないのか、要するにあれは二人の間で起きた痴話喧嘩がそもそもの原因なのではないのか、といった憶測を抱かれているらしいのが暗に伝わってくる。

悪意のある誰か、おそらく小峰ではないかと須藤は疑っているが、その誰かによる妻への嘘の告発にもげんなりした。どこまで卑怯《ひきょう》で汚いんだ、と怒鳴りつけたい気持ちで一杯だ。いずれ別れることになったにしても、こんな形での別れは望んでいなかった。妻の誤解はおそらく一生晴れることはないだろう。

そうした状況の中、充彦は打ち拉《ひし》がれ憔悴した須藤を放っておけなくなり、意を決して告白し、力づけてくれようとしたのではないかと思う。

その充彦の気持ちは目頭が熱くなるほどありがたいが、告白に対する返事は色よいものになりそうにない。

せっかくの好意を裏切るようで須藤も心苦しい。しかし、無理なものは無理だ。

一緒にいると安らぐし楽しいのは事実だが、あくまでも須藤としては充彦を後輩として可愛がってきただけのつもりでいる。

できれば本心を知らぬまま歳の離れた友人という立場を育《はぐく》んでいきたかった。

残念だ。本当に残念に思う。

須藤は両手で掬《すく》った砂がどんどん指の間から零《こぼ》れ落ちていくのを、止める術《すべ》もなく呆然と見ているしかない状況に置かれているのをまざまざと感じ、目の前が暗くなりそうだった。

これまで大切にしてきたものをすべて失いかけているようで恐ろしい。

挫折らしい挫折を知らずにきたぶん、打たれ弱く踏ん張りの利かない自分にまったく自信が持てなくなりつつあった。

4

ある程度覚悟はしていたが、好きだと打ち明けた翌日から、充彦《みつひこ》に対する須藤《すどう》の態度は若干よそよそしくなった。

仕事上の指示はいつものとおり的確で、褒めるのも注意するのもほかの部下たちへの態度となんら変わらない。

変わったのは、手洗いやリフレッシュルーム、社員食堂などで偶然会ったときや、デスクについていてふと視線を上げたとき目が合ったりしたときだ。前まではそんな場合必ず嬉しそうに微笑《ほほえ》み、休日を共に過ごした二人にだけ通ずる言葉を交わしたり、目と目で「忙しいな」「がんばります」などといった気持ちを伝え合ったりしていた。それが、告白以降は、目が合えば視線を逸《そ》らす、手洗いなどで一緒になると気まずそうにして用事もそこそこに出ていってしまうことが多くなった。

充彦から話しかけても短い相槌《あいづち》を打つ程度で、かまわれたくない、迷惑だ、と感じているのが伝わってくる。

もしかすると、迷惑がられているとまで思うのは充彦がいささか卑屈になりすぎているせいかもしれないが、少なくとも歓迎されていないことは確かだ。

充彦の姿を認めると、それまで朗らかにしていた表情がサッと曇るし、今にも逃げ出したがっているように落ち着きがなくなる。

せつないし、辛《つら》かった。

男に好きだと言われて簡単に受け入れてもらえるとは思っていなかったが、ここまで避けたがる素振りを見せられるとは予想外だった。

正直ショックだ。

とはいえ、すでに口から出した言葉はなかったことにはできず、後悔しても始まらない。

ある程度時が経てばまた以前のようにいい関係に戻れるのではないかと期待して、それまでの間は耐えて様子を見るしかなさそうだ。

恋人にはなれなくてもいいが、せめて友人ではいさせてほしい。

須藤との縁が切れてしまうのだけは嫌だった。

突然の告白に驚き戸惑ったであろう須藤に、だめならだめでいいので元通りに付き合ってくれと今すぐ望むのは厚かましいし、難しいと思う。充彦は気長に待つつもりでいた。

ところが、それすら怪しくなったと知ったのは、告白から数日後のことだった。

「どうやら須藤課長、来月から名古屋支社に異動らしいですよ」

昼休み終了直後、後輩から思いがけない情報をもたらされ、充彦は「えっ？」と声に出して驚いた。

「なんで十二月に？　普通そんな時期に辞令下りないだろ」

すんなり信じたくなくて抵抗したが、充彦にも異例の人事が行われる理由は聞くまでもなかった。

いったんはお咎《とが》めなしという形で蹴りがつけられたはずの小峰《こみね》の一件から半月経ったが、課内の雰囲気はいまだにぎくしゃくしたままだ。上層部もなんとかしなければと頭を悩ませているらしい、と小耳に挟んでいた。そこでなんとか須藤を本社から出すために、処分ではなくあくまで異動だという体裁を取り繕ったのだろう。

充彦は課長席に座って黙々と仕事をしている須藤をそっと窺《うかが》った。

いったい今どんな心境でいるのか、すでに異動の話を本人は聞かされているのかどうなのか、気になる。少なくとも表面上は普段と変わりなく淡々として見えるが、無理をして平静を保っているだけのように思え、胸が痛む。このところのぎくしゃくとした関係から、気易く話しかけることも自宅から電話をかけることもし辛くなっている。不用意に、情動に衝かれたようにして告白したことを、充彦は今さらながら後悔する。やはり黙っておくべきだった、ただの部下として親しくしてもらうだけの関係を続けていればよかった、とひしひし思う。

つい感情のまま動いてしまった自分が許し難かった。

こうなるであろうことは十二分に予測していたのだ。

それにもかかわらず、千分の一、いや、万分の一の確率に賭け、夢を見てしまった。欲を出してしまった。

「須藤課長、どうやら離婚するみたいですよ」

噂話好きの濱田《はまだ》はここだけの話と前置きして、さらに小声で教える。

どこからその話を耳に入れたんだ、と充彦は眉《まゆ》を顰《ひそ》めた。充彦ですら先日須藤の口から聞いたばかりだ。もしやまた小峰が裏で須藤の悪い噂を広めているのでは、と疑わざるを得ない。それ以外にこれほど早く知りようがない気がした。

いい加減須藤を追い詰めるのはやめてくれ、と自分のことのように悲痛な気持ちになった。なんの助けにもなれない己の無力さが歯痒《はがゆ》かった。

「今度の異動の話も一つはそれが原因なんじゃないですかね。家庭にも問題があるとわかって、いよいよ上が放っておけなくなったようだと聞いたんっすよ」

「誰から？」

「あのへんの子たちですけど」

濱田は仲良し女子三人組に視線を向ける。

噂を効率よく広めるには格好の連中だ。やはり噂の元は小峰に違いないと充彦は確信した。一言苦言を呈さずにはいられない心地になる。しかし、こういうときに限って小峰は出張中なのだ。怒りの持っていき場がなく、苛立《いらだ》ちが募る。

「あんまりほかに言いふらすなよ、濱田」

充彦はとりあえず濱田に釘を刺す。

「綿貫《わたぬき》さんは相変わらず課長贔屓《びいき》ですねぇ。俺なんか完全に見る目変わっちゃいましたけど。爽やかそうな顔して意外と女好きだったんだなって」

「だから、推測で勝手なこと言うのはやめろって話」

充彦はつい声を荒げ、ぴしゃりと言い放つ。

濱田はきょとんとして充彦を見、「あー、はい。すいません……」と口の中でごにょごにょょと謝った。いつもは冷静な充彦が感情を露《あらわ》にする様が珍しく、らしくないと驚いたようだ。

「須藤課長は見たとおりの人だ。今までと何も変わらない。僕はそう信じてる」

どうしても言わずにはいられなくて、充彦は濱田を相手に胸に溜《た》まった思いを吐き出すと、急に恥ずかしくなって席を立った。

「ごめん。僕もちょっと気が昂《たかぶ》っている」

はぁ、と相槌を打つ濱田の傍《そば》を離れ、頭を冷やしにリフレッシュルームへ向かう。

今日は朝から曇天だ。街全体が寒々しく、物寂しい印象だった。天気まで充彦の憂鬱な気分に拍車をかける。重く垂れ込めた灰色の雲を見て、まるでここ最近の自分の心を描いてみせられているようだと思い、暗い気持ちになる。

スツールに腰を預け、ぼんやり外を眺めていると、ドアを開けて人が入ってきた。

ガラスに薄く映った須藤の姿に、充彦はハッとして振り返る。

しまった、と須藤の顔が気まずそうに歪《ゆが》み、踵《きびす》を返して出ていきそうな様子を見せる。

「待ってください！」

思わず充彦は須藤を引き止めていた。

これ以上避けられるのはたまらない。寝耳に水の異動の話を聞いた直後で、感情を抑えきれなかった。

須藤も、逃げてばかりなのはあまりにもおとなげないと思い直したのか、腹を決めた表情になって充彦の許《もと》に近づいてきた。

「……僕はやっぱり須藤さんを困らせたんですね……？」

もうこんな機会はないかもしれないという不安が充彦を率直にならせた。

須藤は申し訳なさそうな顔をしたものの、否定はしなかった。

唇を引き結んだまま俯《うつむ》きがちになる。視線はどこへともなく逸らされており、決して充彦と目を合わそうとしない。親しくしてもらっていたときの打ち解けた態度が嘘のように頑《かたく》なになっている。

「あんなこと、言わなければよかった」

充彦は泣きたい気持ちで呟《つぶや》いた。

ビクッと須藤の体が揺れる。

「すまない」

ぼそぼそとした覇気のない声で謝られた。

それがますます充彦を傷つける。

「今は、きみとどんなふうに向き合えばいいのか、わからない」

須藤もいっぱいいっぱいなのだ。それは痛いほどわかった。

「……きみの気持ちは、嬉しいけれど……僕には何も応えられない。あれからずっと考えているが、きみに言えることは何も見つからなかった」

だから避けるしかなかったのだと須藤は言い訳しているようだった。

充彦は唇を噛《か》み締め、しばらく突っ立ったままでいた。

こんなときに限って幸か不幸か誰も来ない。緊張感を孕《はら》んだ空気がいつまでも緩まず、どちらも黙したままの膠着《こうちゃく》した状態が続く。

先にそれに耐えられなくなったのは充彦のほうだった。

「異動の話が出てるって聞きました。本当ですか？」

須藤はようやく顔を上げ、充彦を静かなまなざしで見る。

こうしてきちんと目を合わせたのは何日ぶりだろう。充彦は鼻の奥がツンとして、込み上げるものを必死に抑えつけた。

元の関係に戻りたい。それ以上はもう何も望まない。この場でそう叫びたい衝動に駆られた。しかし、実際に出せたのは失意に満ちた溜息《ためいき》だけだった。ここは会社だ、自分たちは今勤務中だ、という哀《かな》しいまでの理性が充彦に歯止めをかけ、なりふりかまわぬ行動を控えさせる。子供の頃から充彦はそうした傾向が強かった。

「名古屋支社に行くつもりですか？」

重ねて聞くと、須藤は「ああ」とはっきり答え、充彦に新たな絶望と焦りを感じさせた。

「どうして、どうしてですか。こんな上のご都合主義の人事、断ればいいじゃないですか。それとも、僕が原因ですか？　僕が……課長によけいなことを言ったから？」

「違うよ」

いったん腹を括《くく》った須藤は凜然《りんぜん》として、そこはかとなく威圧感を漂わせている。どちらかといえば細身で優しげな物腰にもかかわらず、いざとなると押し出しが強く、言葉に力がある。

充彦は興奮しかけた気持ちを鎮め、なお納得のいかない心地で須藤を問うように見つめた。

「田原《たはら》さんから直接電話をもらって、以前からの約束どおり人事に掛け合っておまえを引っ張ってやったと言われた。ありがたい話だと思ったよ。今の本社の環境は僕自身はもとより、部下であるきみたちにもいい影響は与えない。だから僕は行くことにした。それだけだ」

きっぱりと断言され、充彦は反論できずに打ちのめされた。

「それだけ、なんですか」

その一言で自分自身を否定された心地になる。須藤にそんなつもりはないのかもしれないが、充彦にはそうとしか感じられなかった。

「……きみには本当に世話になった。感謝している。名古屋に行っても担当は引き続き生活スタイル部門だそうだ。ときには電話で話すこともあると思う。そのときはまたよろしく頼むよ」

須藤の言葉を充彦は右から左に聞き流していた。

頭の中にあるのは深い失意だけで、ほかに何を言われても入ってこない。

ふと我に返ったとき、すでに須藤はリフレッシュルームを出ていた。

ぽつんと一人立ち尽くす充彦の姿がますます黒ずんできた空を背景に、窓ガラスに映り込んでいる。

これで本当に終わるのかと思うと、辛くて仕方がなかった。

せめて近くにいてくれたなら、まだ関係を修復するチャンスはある気がするが、職場まで離れればそれも難しいだろう。

忸怩《じくじ》たる気分を抱え、充彦はのろのろとした足取りでリフレッシュルームをあとにした。

III

1

「須……いえ、盛山《もりやま》課長、これ、お願いします」

またた。これで何回目だろう。

充彦は新任の課長にまたもやうっかり須藤課長と呼びかけそうになり、いい加減にしろと自分自身を叱咤《しった》した。

常にピリピリした雰囲気を撒《ま》き散らす盛山は幸い気づかなかったようで、ざっと書類をチェックして、無造作に課長捺印欄《なついんらん》にサインをすると、ほら、と突き返してきた。

須藤とはまるでタイプの違う課長だ。

ほんの数日前まで須藤が座っていた同じ席に、外見も性格も似ても似つかない盛山がいることにまだ慣れきらない。須藤ならこんなときよく労《ねぎら》いの言葉をかけてくれたとか、サインをする指の動きが優美でしばしば見惚《みと》れたとか思い出し、せつない気持ちが込み上げる。

名古屋に転勤する須藤を送別する飲み会が行われたのは週末の金曜日だ。

皮肉にも幹事は充彦だった。

須藤の好きそうな料理の美味《おい》しい居酒屋ふうの店を選び、課の人間だけで送り出した。幹事という立場で常に周りに気を配り、気を利かせなくてはならなかったため、須藤とはほとんど言葉を交わす暇がなかった。

さすがにこれで最後になるかもしれないということで、皆が須藤の許に行き、酒を注《つ》いで話し込んでいたので、いつも誰かしら須藤の傍にいた。どのみち、個人的な話はできなかっただろう。

呆《あき》れたことに、締めの段階で、あらかじめ用意していた花束を渡す係は因縁のある小峰が務めた。彼女の厚顔ぶりには何をか言わんやだ。それを自然な笑顔で受け取り、握手にまで応じた須藤の屈託のなさも充彦には理解し難い。

須藤の左手の薬指には指輪の痕《あと》だけが残っていた。

離婚は成立したらしいと、その何日か前に情報通の濱田から聞いていたので、ああ本当なんだと複雑な気持ちになった。須藤と親しく付き合っていた間、実をいえば、充彦は心の片隅でずっと精神的な不倫をしている心地だった。もしかするとこの夫婦は離婚するのではないか、そうすれば須藤はフリーになる、充彦は引け目を感じずにすむ、そう思っていた時期もあった。しかし、いざ現実に須藤が独身に戻ったと知っても、充彦は手放しで喜べない。すでに自分が拒絶されているから意味がないということももちろんあるが、それ以上に須藤がどんどん不幸になっていくようで辛かった。

送別会の翌日に須藤は引っ越しの荷物ともども名古屋に行き、週明けから新しい職場に着任したようだ。

あれからまだ五日しか経っていないが、須藤はあっという間に名古屋支社にとけこみ、有能ぶりを発揮しているらしい。特に女性たちには受けがよく、バツイチの独身だと知れるやいなや、早くも争奪戦が起きそうな様相を呈しているという。

充彦はそれらの話を珍しく係長から聞いた。

意外にも、係長は名古屋支社長の田原と同期で、今でもときどき連絡を取り合っているそうだ。

「須藤課長のことは心配するには及ばないと思うよ。田原もついているし。田原のやつは昔から彼にべた惚《ぼ》れしてた。案外、変な噂が付き纏《まと》ってる中ここに居続けるより、彼のためにはよかったんじゃないかな」

係長の話を聞いて、確かにそう考えたほうが須藤にも自分にもいいと充彦は思った。

……思いはしたものの、喪失感と寂しさ、後悔は消えず、心はいっこうに癒されない。

夜一人きりの部屋に帰るのが嫌で、この数日の間、毎晩仕事のあと飲みに行っている。

充彦が通っている店は、あの突然の告白を果たした日、須藤と別れたあとふらっと立ち寄ったスタイリッシュなバーだ。

その店のことは前から知っていた。ゲイの男性が集まる、仲間内では有名な店で、興味本位に調べて以来、機会があれば一度訪れようと思っていた。

最初に入ったときから様々な男性に声をかけられたが、充彦は相手にせず、ひたすら一人で飲むだけだ。

充彦のほうにまるで靡《なび》く気配がないと悟ると、どの男も肩を竦《すく》めて去っていく。

顔が綺麗《きれい》で、細い体つきも好みだから声をかけたが、ずいぶん冷たくてお高く止まったやつだな、と嫌味たっぷりに捨て科白《ぜりふ》を吐いて立ち去った男もいた。

そういうことには充彦は全然傷つかず、以降も愛想のない気難しげな顔つきをしてカウンターの端に座りに行っている。

「ねぇ、隣、いい？」

店に通い始めて十日ほど経った頃、またもや充彦に近づこうとする男が現れた。

しっとりとした響きの、耳触りのいい声をした男で、充彦は思わず視線を向けていた。

どことなく須藤と似た印象の声だったからだ。

傍らに立って許しを求める男を仰ぎ見た充彦の彼に対する第一印象は、いかにもこういう店で会いそうな、お洒落《しゃれ》で魅力的な、存在感のある人だ、というものだった。

充彦が振り向くと、男はカウンターテーブルに右手を突いて腰を折り、充彦のほうに屈《かが》み込むようにして顔を近づけてくる。

かなり長身で、モデルか芸能人めいた容貌《ようぼう》の男だ。立って並ぶと身長一七三センチの充彦よりさらに十五センチ近く高そうだ。眼窩《がんか》がくっきりと窪《くぼ》んだ彫りの深い顔立ちは、ひょっとすると生粋《きっすい》の日本人ではないのでは、と想像させる。鼻も高くて大きく、厚みのある唇はセクシーでつい視線を釘付けにされた。

「こんばんは」

にこっと笑って男は充彦をじっと見つめる。

あ、やっぱり似ているかも、と充彦は再度思った。

「ここ、誰かのリザーブ席？」

充彦は黙って首を横に振る。

いつもならこのまま無視して相手から顔を背け、返事もしないところだが、須藤を思い出させる声をしたこの男は邪険にできなかった。

悪い人ではなさそうだ、という勘が働いたせいもある。

誠実そうに澄んだ瞳と感じのいい笑顔、話しぶり、礼儀正しい態度に好感が持てた。

「僕は竹本《たけもと》。竹本俊紀《としき》。職業セレクトショップ経営。きみは？」

竹本と名乗った男は充彦の隣の椅子を引き、軽い身のこなしでスツールに座る。

身長が高いぶん、手足の長さも半端でない。

ふわりと微《かす》かに漂ってきたトワレの香りも男の色香にアクセントを添える格好の役割を果たしていた。

入り口で上着や防寒着を預かってくれるので、店内にいる客の大半は薄着だ。充彦はミドル丈のオーバーコートを脱いだだけでスーツ姿のままだが、竹本のようにシャツとスラックスを身に着けただけの男も多い。

竹本は少し体が泳ぐくらいのゆとりのある濃鼠《こねずみ》色のシャツにブラックジーンズという出《い》で立ちだった。シャツの胸元はボタン二つ分開けられていて、隣にいると隙間から褐色《かっしょく》に灼《や》けた瑞々《みずみず》しい素肌が覗《のぞ》ける。

自慢して見せたくなるのも道理の、逞《たくま》しく綺麗な胸板だった。鍛えているのが一目瞭然《りょうぜん》の厚い胸を張りと艶《つや》のある皮膚が覆っている。首にはプレート付きの細い鎖、右手の中指にはシンプルな平たい指輪をつけていて、アクセサリーにも隙がない。どちらも金製のようだ。充彦の周囲には結婚指輪以外の装身具を身に着ける男はいないので新鮮だった。

「最近ずっと来てるよね」

竹本は充彦が自分の名前や職業を言おうとしなくてもしつこく聞き返さず、気さくな調子で話し続ける。

「僕もほぼ毎晩通ってるから、前からきみに気づいてた。遠くから眺めるだけだったけど、目が離せなかったよ」

充彦がろくに相槌も打たなくても、竹本は意に介したふうもなく、朗らかな笑顔を保ったままだ。充彦がいちおう聞いていることを承知で、それで十分だと思っているようだった。

積極的で物怖《ものお》じしないが決して押しつけがましくはない。ちょっと話しただけで、頭のいい男だという感触を受けた。

「自分で言うのはなんだけど、僕は昔から運もよければ度胸もあって、ついでにいろいろな才能に恵まれたらしくて、自分の中で足りてないと感じる部分があまりないんだよね」

自慢も堂々とする。それで嫌味がなくて、うっかりこちらの口元を綻《ほころ》ばせてしまうのだから、たいしたものだ。これも竹本が自称する才能の一つなのだろう。

「唯一の欠点は、美人に弱くて惚れやすいところかな」

そう付け加えて竹本は思わせぶりなまなざしでひたと充彦を見つめてくる。

「それからそれに派生して、惚れたら溺《おぼ》れちゃってその人一筋になり、ほかがまったく目に入らなくなるところ」

「……酔ってるんですか？」

あまりにもじっと熱っぽい目で見つめ続けられるので、充彦は困惑し、身動《みじろ》いだ。

「酒には酔わないけど、べつのものには酔ってるかもね」

含みのある目つき、意味深な言葉。芝居がかっている。だが、これもきっとわざとなのだろう。竹本はもっと充彦にいろいろな感情を出させたいようだ。笑わせるだけでなく、呆れさせたり、ばかばかしいと鼻白ませたり、もしかすると、軽く怒らせるくらいの反応も引き出したい狙《ねら》いがあるように思える。

「僕に話しかけても無駄ですよ。愉快な相手じゃないですから」

充彦は竹本からようやく顔を背け、そっけなく忠告する。

「今までたぶん八人くらいから話しかけられて、八人全員を不機嫌にして去らせましたから」

「うん、そうだったね」

それでも竹本は懲りたふうもなく、かえって小気味よさげな口調になる。

「これは顔に似合わず手厳しい人だなと、いよいよ闘志を燃やしたよ。冷たいまなざしで流し見されて追い返されるのもまた一興。そのくらいで諦《あきら》めるような腑抜けたやつらは、所詮《しょせん》きみとは合わないってことだ。僕くらい諦めが悪くてしつこい男でないと、まともに会話も続かない。だろう？」

「べつにあなたともまともな会話ができている気はしませんが」

充彦はさらに木で鼻を括るような返事をした。

「いいねぇ。ゾクゾクするくらいいいよ、きみ」

竹本はいかにも軽そうな、遊び人らしい科白を吐いて、クックックッと笑う。

品がいいのか悪いのかわからない。

摑《つか》み所のない男だと思う。だが、不思議と警戒心は湧《わ》かなかった。彼の醸し出す雰囲気が親しげで、おまけに何度聞いても声が須藤そっくりだからだろうか。うっかり絆《ほだ》されないようにしなくては、と気を引き締める。

充彦は竹本に取り合うのをやめ、バーテンダーに声をかけた。

「同じものをください」

「テッちゃん、僕にも彼と同じやつ」

すかさず竹本もオーダーする。

思わず眉を顰めて竹本を横目で睨《にら》んだ充彦に、竹本は涼しい顔で「ん?」と惚《とぼ》けた反応をしてみせた。

ここで絡んでは竹本の思うつぼに嵌《はま》る。

充彦は苦々しい気分で髪を掻《か》き上げ、やり過ごす。

「あのさ、きみ、どういう目的で毎晩ここに座りに来てるの?」

竹本があらたまった調子で聞いてきた。

辛抱強く充彦の返事を待つ様子に、とうとう充彦も無視しきれなくなる。もともとそういう性格ではないのだ。聞かれたことにわざと答えないのは相手に失礼だという感覚が基本的にある。

「お酒を飲んで酔いたいから……ですが、それが何か?」

仕方なく答えると、竹本は納得いかなさそうに眉根を寄せた。

「わざわざゲイが集まる店に一人で来て、酔いたいだけって言われてもねぇ」

「何が言いたいんですか？　はっきりさせてください」

充彦はいい加減苛立ってきて、怒った顔になる。

「うん。いや、僕ね、てっきりきみは男に失恋して寂しくて、誰かに慰めて欲しくてここでそういう相手が現れるのを待ってるんじゃないかと思っていたんだよ」

「違います、そんな。ばかばかしい」

勝手なことを言わないでくれ、とムッとして否定しながら、充彦の声は次第に弱くなる。きっぱり嘘だと突っぱねきれず、自分自身に迷いがあることを図らずも認めさせられることになった。

「でも、失恋はしたでしょ？」

まるで充彦の心の中が見えているかのように竹本は確信的に言う。

嘘の苦手な充彦はグッと詰まった。それがもう返事になったも同然だ。

それぞれの手元に新しいグラスがくる。

ラスティ・ネイルというカクテルだ。今夜はこれで打ち止めにする予定でいる。

「きみがもし僕みたいなタイプが嫌いじゃなかったら、僕が慰めてあげようか」

隣で同じグラスを傾けながら竹本がさらっと誘ってくる。

間に合ってます、と答えるのも見え透いていてバツが悪く、充彦は唇を引き結んだままでいた。

どちらかといえば竹本は好みのタイプだ。

包容力がありそうで、相手に対する思いやりも感じられるし、きっとセックスもうまいだろう。後腐れもなさそうだ。一晩の相手にするには、これ以上の男はなかなかほかで見つからない気がする。どうせ竹本も本気ではないだろう。ここはもともと、そうした出会いを求めに男たちが集まる場所だ。

「明日は土曜だし、これから僕の部屋にこない？　いいところにお勤めらしい雰囲気してるから土日休みじゃないの？」

竹本は充彦のスーツに艶めいた視線を走らせ、本格的に口説き始めた。

セレクトショップを経営しているというくらいだから、服の値段を推察するのは朝飯前なのだろう。この十日あまり充彦をずっと見ていたのだとすれば、先週も土日は姿を現さなかったと知っているはずだ。竹本が当て推量で言っているのでないことは、愉《たの》しげに輝く瞳を見れば明らかだった。竹本はこの状況を面白がっている。本気で充彦を落としたがっているようだ。

この際、落とされてやってもいいかもしれない……。

不意に充彦は、張り詰めていた糸が切れるように、今まで頑なに維持してきた矜持《きょうじ》を押し流される心地がした。

「……優しくしてくれるんですか」

気がつくと、自分の口から出たとは思えない質問を竹本に投げかけていた。

「もちろん」

にっこりと余裕に満ちた笑みを顔中に浮かばせて竹本は胸を張って答える。

官能的な厚い胸板に抱き竦められ、何も考えられなくなるほど乱れさせてもらって、朝までぐっすり眠ることができるなら、一度くらい信条に反したことをしてみてもいいかもしれない。

強い誘惑が充彦の背中を押す。

そうしたところで誰に迷惑がかかるわけでもない。事実充彦は竹本にずばりと指摘されたとおり失恋したばかりだ。しかも、その相手は東京を離れてしまった。街で偶然出会うこともない。

「どういうのが好みか言ってくれたら、そのとおりにして満足させてあげる。いやって言うまで泣かせて、辛いことを忘れさせてあげると約束するよ」

それでもなお逡巡《しゅんじゅん》し、躊躇《ためら》う充彦の手を、竹本は膝《ひざ》の上でぎゅっと強く握り締めてきた。

大きくて頼りがいのありそうな温かい手に、充彦の迷いが少しずつ解けていく気がする。

「ね、名前、教えて？」

「充彦」

意を決して充彦は名字ではなく名前のほうを言った。偽名を使うという考えは端《はな》から浮かんでこなかった。なんとなく竹本も本名を名乗ったのだと思えて、下の名だけなら本当の名を告げてもかまわないと判断した。呼ばれたときに違和感もない。

「充彦って呼んでいい？」

こくりと充彦は頷《うなず》いた。

急に心臓がトクトクと鼓動を速める。

まるで須藤に呼ばれたかのようだ。

竹本のこの声がいけない、と充彦は思った。否応もなく須藤を思い起こさせ、愉しかったときの記憶を次から次へと脳裡《のうり》に浮かび上がらせる。

振られても須藤を好きな気持ちは変わらない。そう簡単に忘れ去れるはずがない。

考えていると目頭が潤んできた。

慌てて身を捩《よじ》り、竹本と反対側に体を逃がしかける。

「充彦」

そこを竹本に肩に腕を回して逆に引き寄せられた。

弾力のある逞しい胸に頭を抱き込まれる。

薄いシャツ越しに竹本の体温と鼓動が伝わってきた。

僅《わず》かに鼓動が速い。

竹本も少しだけ興奮しているのだと思うと安堵《あんど》する。行きずりの関係であれ、竹本も充彦を欲してくれているのだと確かめられた心地がする。生身の人間同士が抱き合い、慰め合う行為に、今夜だけ縋《すが》りたくなった。

「行こうか」

竹本に支えられつつスツールを下りる。

立って向き合うと予想どおり竹本は背が高かった。体つきもしっかりしている。

「僕の部屋でいい？」

「いえ、できればほかの場所で」

なんとなく気恥ずかしくて、ホテルの一言が口に出せなかった。

それでも竹本は当然のように汲《く》み取ってくれており、表でタクシーを拾うと、汐留にあるホテルを行き先として告げた。

大胆ではしたないまねをしようとしている。罪の意識に少なからず苛《さいな》まれる。

けれど、ここまできたからにはもう引き返せない。

いっそこれをきっかけに竹本を好きになれたらどんなにいいだろう。

それにはまず須藤を完全に胸の中から追い出さないといけないのだが、まだ今はとても無理だった。

「今夜限り……で、いいんですよね……？」

念のため充彦は竹本に確かめる。

竹本は真面目な表情になり、充彦を見据えた。

「きみがそうしてくれと言うんなら、そうするよ」

すべては充彦の気持ち次第だと竹本は返事をする。

充彦は一晩だけだと自分の心に刻みつけ、タクシーのシートに背中を預けて目を閉じた。

2

クリスマスイヴは何か予定があるの、と竹本に訊《たず》ねられたとき、充彦は少し迷った末にべつにと答えた。

そんな返事をすれば竹本とまた会う流れになるであろうことは想像に難くなかったが、竹本とのセックスで身も心も慰められた直後、満ち足りた気分に浸っている最中に聞かれたものだから、微妙に感覚が麻痺《まひ》していたのかもしれない。

きっと満足させてみせる、などと自信たっぷりに言ってのけただけあって、竹本の行為は素晴らしかった。

それほど経験豊富というわけでもない充彦は、翻弄《ほんろう》され、精も根も尽き果てるほど何度も達かされて、最後はなりふりかまわず啜《すす》り泣いてしがみつき、はしたない嬌声《きょうせい》を上げて乱れまくってしまった。

充彦の中を掻き混ぜ、突き上げながら、竹本は満悦した様子で「最高に相性がいい」と言い、事後も甲斐甲斐《かいがい》しく尽くしてくれた。することをしたらさっさと帰るのかと思いきや、恋人同士のようにいつまでもベッドの中で触れ合いたがり、風呂にも一緒に入った。

一見すると遊び人ぽい雰囲気をした竹本だが、「僕はこれでも情が深くて一途《いちず》なほう」だと茶目っ気たっぷりに自己申告する。できればまた会いたいな、とそのときだけは柄にもなく子犬がおねだりするような目をして言われ、充彦はすぐに拒絶することができなかった。竹本と今後も会うのがまんざら嫌でもなくなっていたからだ。

ベッドに入る前にあれほどこの場限りの関係で終わらせると誓ったはずが、竹本に抱き締められ、我を忘れるほど悦楽に喘《あえ》がされるうちに、肌の温《ぬく》もりに癒されるのを感じ、もっと抱いて欲しい気持ちが湧いてきた。

竹本が予想以上に優しく、熱意を込めて充彦を求めてくれたので、体だけではなく心も満たされた。

いい人だ、と寝てみてあらためて思った。

バーで声をかけてこられたときには、こういう遊びに慣れた軽そうなノリの遊び人に見えたが、セックスを通じてそうでもなさそうだと見方が変わった。

慣れているのは間違いないが、決して自分本位ではなく、充彦にも何度も「気持ちいい?」「どう?」と確認してくれた。充彦が答えなくても、表情や息遣い、声などからわかるらしく、「いいみたいだね」と自信たっぷりにからかう。屈託がなくて嫌味を感じさせず、充彦は素直に快感を享受して溺れられた。

竹本のような男を恋人にすれば幸せかもしれない。須藤を知る前に会っていたら、きっと好きになっていたと思う。今も、充彦が須藤のことさえ忘れられるなら、独身で現在特定の恋人もなくフリーだと言う竹本と付き合ってもなんの支障もないのだ。

返事を躊躇う充彦に、竹本はイヴの話を持ち出した。

二週間も先の予定はまだわからない、仕事が入るかもしれないし、と曖昧《あいまい》に濁そうとしたが、竹本は約束はしなくていいから、と食い下がってきた。

「連絡先だけ教えて？」

結局充彦は携帯電話のメールアドレスを竹本と交換した。

「電話はかけないほうがいいの？　どうして？」

好きな人を思い出すから、とは答えにくくて黙っていると、竹本は、

「まぁ、僕もメールのほうが相手の都合をあまり気にしないで連絡できるから好きなんで、べつにいいけど」

と、あっさり退く。

返事をしなくても追及してこない竹本との会話は楽だ。気持ちを汲んでもらっているのを感じる。大人だなと感嘆する。実は充彦より一つ年下だと聞いて、意外だった。てっきり二

つ三つ上だろうと思って、言葉遣いも砕けすぎないように気をつけて喋《しゃべ》っていた。年下に甘えて慰めてもらったのだとわかると、自分が情けないやら恥ずかしいやらで、いたたまれない心地がする。

「充彦のことが好きなんだ。嘘じゃないよ」

竹本は年の差など意に介したふうもなく、充彦を親しみを込めて呼び捨てにし、真面目な顔で言う。

本気が伝わってきて、弄《もてあそ》ばれている気はしなかった。

次にまた会おうというメールを受け取ったら、充彦は断らない予感がした。

いつまでも須藤への想いを引きずっていても、どうにかなる見込みはゼロに等しいのだから無駄になる可能性が高い。無意味に時間だけが流れていくのだと思えば、この竹本との出会いを大切にしたほうがいいのではないか。

自分自身への言い訳を考えた時点で、充彦の心はもう少し楽になりたいと弱くなっていたのだろう。

竹本はびっくりするくらいマメで、翌日から毎朝メールを送ってくるようになった。

内容は「おはよう」「今日も寒いね」などという他愛もないことが中心で、画面に収まる長さだ。正直、最初の頃は「また来た」と呆れないでもなかったが、返事は気にしないでいいからと添えられていて本当に竹本はそれでよさそうだったのと、さりげない内容のうちにも竹本の思いやり深い人柄や感性の鋭さが表れていて読むのが楽しかったのとで、一週間もする頃にはメールが来るのが当たり前という感覚になっていた。

そして、まるでそんな充彦の微妙な気持ちの変化を見透かしたかのごとく、

『会いたいな』

と誘ってこられ、充彦は抗《あらが》えなかった。

クリスマスイヴに先んずること六日、食事に行く約束をして、会った。

食事のあとどうしたかは言わずもがなだ。

二回目までは充彦も、これは大人の関係だと割り切れた。充彦を気に入って抱きたい竹本と、竹本になら抱かれてもいいと思って寂しさを紛らわすために利用した充彦、どっちもどっちだと思えた。

とはいえ、やはり後ろめたさがあって、充彦からも積極的に竹本が愉しめるよう協力した。

無理しなくていいよ、と言われたが、竹本もまんざらでもなさそうだった。

それからはもうなし崩しで、三日にあげず会うようになった。

師走はただでさえ仕事が忙しくて残業続きで、飲み会もいくつかあったが、夜遅くからでも竹本に「迎えにいくよ」と言われると、断らなかった。

ホテルではなく竹本の部屋に行ったのは四回目に会ったときだ。その晩は泊めてもらい、翌朝早く充彦のマンションまで竹本が送ってくれた。竹本自身は十時に店に出ればいいとの

ことで、コーヒーを飲みながら充彦が出勤の支度をするのを待っていて、さらに会社まで送ってくれるという親切ぶりだった。

「少しでも長く充彦といたいんだ」

竹本は充彦にすっかりまいっている、本気だ、と言う。

口先だけでないことは充彦にも伝わり、もういっそ竹本と真剣に付き合おうかという気持ちになりかけた。今はあくまでもセックスフレンドという関係に留《とど》めているが、竹本がそれ以上になりたいと望んでいるのは明らかで、充彦もそれに応えるべきかと考え始めた。

須藤の声を久しぶりに聞いたのはそんな矢先だ。

外線の着信があって、たまたま充彦が電話をとったら、須藤だった。

『お疲れ様です。名古屋支社の須藤ですが』

懐かしい声を耳にした瞬間、充彦は心臓を痛いほど強く打たれ、もう少しで受話器を取り落とすところだった。

「……お、お疲れ様です。……綿貫です。ご無沙汰《ぶさた》しています」

ようやく絞り出すようにしてたどたどしく受け答える。

電話の向こうで須藤が一瞬沈黙する気配があった。最初に充彦が電話に出たときの声では気づかず、あらためて名乗られて話している相手が誰だかわかった様子だ。

それにまず充彦は傷ついた。

まだ異動して一ヶ月と経たないのに、もう声も聞き分けてもらえなくなったのか、とせつない気持ちになる。

『やぁ。久しぶりだね』

須藤はぎこちなく応え、それからやっと気を取り直したように、てきぱきした態度で用件を告げる。

『盛山課長はお手隙かな？　さっきは別の電話に出ていると言われたんだが。もしまだお電話中なら、勝田《かつた》係長と替わってくれる？』

充彦は視線を上げて課長席を一瞥《いちべつ》し、続けて係長席に目を転じた。

「盛山課長はまだお話し中です。勝田係長はただ今席を外していて……たぶん、すぐ戻ってくると思いますが」

須藤を意識するあまりぎくしゃくした物言いになる。

頭に血が上り、動悸《どうき》が治まらず、胸苦しさに息継ぎの仕方さえ忘れそうだ。

『……そうか、弱ったな』

「お急ぎ、ですか？」

須藤の困った様子に充彦は思わず受話器を握る手に力を込めた。

緊張のあまり手のひらがうっすら汗ばんでいることにそのとき気がつく。

『ああ、でも、いいよ。またかけ直す』

もっと話がしたい、と思ったが、須藤はあっという間に電話を切ってしまった。

須藤が充彦にかけた言葉は、久しぶりだね、の一言だけだった。

やはり須藤は充彦のことをもう忘れたいのだと思い知らされた心地だ。

辛い。

充彦はゆっくりと受話器を戻し、指の関節を握っていたときの形に曲げたまま離した。手が強張《こわば》ってしまっていて、すぐには指を伸ばせなかった。

ここまであからさまに拒絶されたも同然の態度をとられておきながら、充彦の恋情は萎《な》えるどころか反対に強まった。ずっと胸の奥深くで燻《くすぶ》らせ続けていた燠火《おきび》が再び勢いを持ち、存在を知らせてくる。

我ながらたいがい自虐的だと思うが、須藤への想いを断ち切れない。

それにもかかわらず、弱さゆえに竹本に逃げた自分が猛烈に恥ずかしくなる。

いくら竹本が「甘えていいよ」「今すぐ僕を愛してとは言わないから」と物わかりのいい態度を示してくれたとしても、やすやすとそれにかこつけ、自分だけいい思いをするのは間違っている。

竹本が真剣であればあるだけ申し訳ないことをしている気がしてきて、反省した。

大切なのは、須藤に振り向いてもらえるかどうかではない。竹本に愛されているのなら応《こた》えればいい、それで八方丸く収まると安易に考えることでもない。充彦自身が本当に好きなのは誰なのか、どうすれば自分を裏切らずにすむのか、ということではないのか。

頭上に雷を落とされたような衝撃に襲われ、目が醒《さ》める思いがする。

僅かながら抱《いだ》き続けていた希望をあらためて打ち砕かれはしたが、須藤との短いやりとりで充彦は我に返った。

このまま竹本と会い続けるのは不誠実だ。

そのうちきっと自分で自分が嫌になり、竹本はもとより自分自身まで傷つけてしまう。

充彦は勇気を出して、昼休みに竹本にメールを打った。

昨日も会っていつものとおり食事のあと竹本の部屋に行き、さすがに今日はけじめをつけますと言って午前二時頃送ってもらって別れたばかりだ。

そのお礼に続けて、

『しばらく会うのはやめます』

と単刀直入に打つ。

その理由を、考える時間が欲しいとしたのは、竹本をなるべく傷つけたくなかったからで、実際は二度と会うまいと決めている。しかし、突然のメールでいきなりその結論まで記すのは気が引けた。自分が竹本の立場なら一方的で残酷だと感じるに違いないからだ。

いずれにせよ、ひどいことをしている自覚はあった。

竹本の反応は早かった。

送信した直後に返信がある。

『どういうわけでそんなことを言うのか、もっとちゃんと説明して欲しい。でないと落ち着いて待っていられない。僕が何か充彦の気に障ることをしたのならはっきり言ってくれ』

もっともな言い分だ。

充彦は無視できず、躊躇いながらもそれに返事をする。

『俊紀が悪いわけじゃなくて僕自身の問題です。本当にごめん』

『じゃあ、だいたいの目処《めど》を教えて。イヴの約束もなしにするつもり？』

泥沼に嵌ったように短いメールの応酬が続く。

いくら竹本がしっかりしていて大人の対応ができる落ち着いた男でも、さすがにこの唐突すぎる事態には冷静でいられないようだ。充彦の曖昧な言い方ではとても納得がいかず、動揺しているのが文面から伝わってくる。怒っているというよりむきになっている感じで、そういうところは年相応なのだなと思わされた。

イヴはもう四日後だ。

充彦はひたすら謝るしかなく、何か代わりの言葉を送らなければ竹本に申し訳なさすぎる心地になってきた。本当はそれよりきっぱりと別れを告げたほうがよほど誠実だったはずなのに、充彦にはできなかった。優しさのせいなどとは思わない。充彦はただ優柔不断で、自分を少しでもいい人のままにしておきたかっただけだ。狡《ずる》さと臆病《おくびょう》さが頭を擡《もた》げ、竹本にその場凌《しの》ぎの期待を与えてしまった。

『一週間でいいです。イヴの予定はキャンセルさせてください』

充彦がはっきりと期限を切ったのが功を奏したらしく、しばらくして竹本から返事がきた。

『了解。愛してる』

文面を目にした途端、充彦は自分の過ちを悟ったが、今さら修正するのは難しかった。傷つけまいとしてよけい罪作りなことをしてしまった。一週間竹本を不安な状態で悶々とさせた挙げ句、またあらためて別れ話を持ち出すことになったのだ。あまりにも無意味で、馬鹿すぎる。

充彦は自己嫌悪に陥り、自分自身に唾棄《だき》したい気分で仕事に戻った。まだ午後の就業開始まで五分ほどあったが、何かしていなければ落ち着けそうにない。

一つ置いた隣の席では小峰が相変わらずファッション誌を開いて最新のアパレル情報収集に余念がない。高級ブランドバッグの広告を食い入るように見ている姿に、充彦は短くもない期間同僚として小峰を見てきた経験から、新しい彼氏ができたんだな、と感じた。小峰が須藤の次に狙った相手は、早々に落とせたらしい。初めからそっちにしておけばよかっただろうに、と充彦は歯噛みしそうになる。小峰のせいで須藤がどれだけのものを失ったか考えると、腹立たしいやら憎らしいやらだ。よく平気な顔でいられるなと言ってやりたくなる。

反面、これでようやく須藤が小峰に煩わされる心配はなくなったなと思い、とりあえず安堵した。

翌日から竹本は充彦の意思を尊重して毎日送ってきていたメールを途絶えさせた。

ありがたいと感謝する。

ここで強引な手に出るのは得策ではないと竹本も弁《わきま》え、辛抱しているのだろう。

付き合ってみれば、竹本は全然遊び人なんかではなかった。いっそそれだったらなんの後腐れもなく「もうやめよう」「飽きた」などの一言で終わりにできたかもしれないが、竹本と別れるにはパワーが必要だった。

やりとりの流れに押されてつい一週間と約束してしまったことが悔やまれる。

つくづく自分は要領が悪い、と充彦は噛み締めた。

その上、見栄っ張りでいい人ぶっていて、潔さがない。最低だ。これでは須藤がたとえ男同士が大丈夫だったとしても、恋人になってくれる可能性は低かっただろう。

部下として目をかけてもらい、可愛がられているだけで満足すべきだった。分不相応な望みを抱くのではなかった。だが、今さらそんなことを考えても仕方がない。小峰さえ須藤によけいなことを仕掛けなければと考えるのと同様に虚《むな》しいだけだ。

竹本と距離を置き始めて数日が経った。

クリスマスイヴは土曜日で、前日の祝日から会社は三連休だ。仕事があれば出社するつもりだったが、特にそんな必要もなく、ワンルームマンションの自宅に籠《こ》もりきりになった。

約束では竹本とホテルに部屋を取り、ルームサービスでクリスマスディナーコースを愉しみ、そのまま一泊する予定だった。

竹本はどんなふうに過ごしただろうと、ちらっと思いを馳《は》せた。

もてる男だから充彦の代わりはいくらでも見つかるだろうが、なんとなくそんなふうにはしていない気がする。

「こう見えて案外不器用なんだよ」

そんな声が充彦の脳裡に聞こえてきた。

竹本の言葉だったか、それとも須藤が言ったのだったか、記憶が定かでない。

もともと竹本のことを考えていたはずなのに、浮かんだ顔はなぜか須藤のほうだった。

やっぱりまだだめだ。全然だめだ。少しも須藤への気持ちが薄れない。

充彦は苦しくてたまらなくなり、ソファに座ったまま頭を抱えて背中を丸めた。

竹本と付き合ってもだめだったのなら、この先ずっと報われない想いを引きずったままなのか。どんな人が現れたら須藤を忘れられるのか、誰でもいいから教えて欲しい。

気持ちが晴れぬまま三日間無為に送り、月曜日を迎える。今年最後の週だ。仕事納めは毎年三十日で、今年は金曜日にあたる。

「あ、綿貫さん、聞きました？」

出社して自分の机を雑巾《ぞうきん》で拭いていると、濱田がにこにこしながら寄ってきた。

崎谷はるひ
[リナリアのナミダ
―マワレ―]
ill.ねこ田米蔵
●680円(本体価格648円)
和泉 桂
[荊の枷鎖]
ill.相葉キョウコ
●620円(本体価格590円)
黒崎あつし
[お婿さんにしてあげる]
ill.高星麻子
●600円(本体価格571円)
真崎ひかる
[花 雪] ill.陵クミコ
●600円(本体価格571円)
一穂ミチ
[窓の灯とおく] ill.穂波ゆきね
●600円(本体価格571円)
遠野春日
[ほろ苦くほの甘く] ill.麻々原絵里依
●560円(本体価格533円)
2011年
11月刊
毎月15日発売
幻冬舎 ルチル文庫
最新情報は[ルチル編集部ブログ] http://www.gentosha-comics.net/rutile/blog/
2011年12月15日発売予定 予価各560円 (本体予価各533円)
高岡ミズミ[僕のため君のため] ill.西崎 祥
松雪奈々[いけ好かない男] ill.街子マドカ
森田しほ[罪の海に満ちる星] ill.竹美家らら
椎崎 夕[不器用な告白](仮) ill.高星麻子
きたざわ尋子[君だけに僕は乱される] ill.鈴倉 温
《文庫化》
ひちわゆか[ワンス・アポン・ア・タイム] ill.如月弘鷹
《文庫化》
神奈木 智[今宵の月のように] ill.しのだまさき

日高ショーコ
「花は咲くか」
巻頭カラー
センターカラー
花田祐実
新連載
平喜多ゆや
新連載
最終回
梅太郎
あおいれびん
連載再開!!
南野ましろ
【読みきり】
みつば樹里／三池ろむこ
【シリーズ読みきり】
雁須磨子／富士山ひょうた
陵クミコ／未槻直／鰍ヨウ
★表紙／三池ろむこ★ピンナップ／麻々原絵里依
【大好評連載陣!!】
葉芝真己
山本小鉄子
奥田七緒
九號
ARUKU
吹山りこ
テクノサマタ
モチメ子
田中鈴木
木々／田倉トヲル
蛇龍どくろ／ナナキシコ
金田正太郎／秋葉東子
ひちわゆか+本木あや
神奈木智+鈴倉温
◆奇数月22日発売◆隔月刊
ルチル vol.45
予価680円
（本体予価648円）
Rutile
キュート&スウィートなボーイズコミック♥
11月22日発売予定!!
ルチルやルチル文庫などの
最新情報を随時更新中!
【ルチル編集部ブログ】
http://www.gentosha-comics.net/rutile/blog/
〈W全サ実施!!〉（全員サービスはいずれも応募者負担あり）
表紙イラスト図書カード応募者全員サービス!!
隔月刊化5周年記念 表紙&ピンナップイラストポストカードセット応募者全員サービス!!

「何を？」

充彦はあまり興味なさそうに下を向いたまま手を動かしつつ聞く。

どうせまた合コンか何かの誘いだろうと思い、まともに耳を貸す気がしなかった。

「明日、名古屋から須藤課長が出張で来るそうですよ」

「……えっ？」

驚いて、弾《はじ》かれたように顔を上げる。

「なんで？」

年の瀬も押し迫る中、出張とは、意外すぎた。

そういえば、最近たびたび盛山課長と電話でやりとりしているのは気づいていたが、まさかこの時期にこちらに来るとは想像しなかった。

「さぁ、仕事の打ち合わせじゃないですかねぇ」

濱田はそんな当然の、返事にもならない返事をする。

「で、急なんですけど明日の夜、須藤課長を交えてもう一回うちらで忘年会をしようってことになりまして。あ、須藤課長にはもちろんOKもらってます。なんとか予約がとれそうな店見つけたんで、速攻で出欠とってるんですけど、綿貫さんは出席でいいですよね」

半ば決めつけるように言われ、充彦は「あ、ああ」と戸惑いながらも頷いた。

心の準備も何もあったものではない。

それでも欠席するという選択肢はどちらにせよ充彦の中になく、須藤と向き合う際に平常心を保てるかどうか今から心配だ。

きっと今夜もまた眠れない。

このところずっと、ベッドに横になってもなかなか寝ることができない日が続いている。

竹本にいよいよ返事をする日が近づくにつれ、どう言おうかと悩んで、一睡もできなかった夜もあった。自業自得だ。

その竹本との約束の日が、よりにもよって須藤が名古屋から来る日だとは、なんとも皮肉な話だ。何かに試されでもしている気がして仕方ない。

竹本に連絡するのは飲み会のあとにすると決め、充彦は腹を括ることにした。

3

「それでは、須藤課長をお招きしての忘年会パート2、皆さんどうぞ盛り上がっていきましょう。乾杯！」

幹事を務める濱田の挨拶で、一斉にビールジョッキが触れ合わされる。

変わってないな、と須藤は懐かしい気持ちで元自分の課の部下だった人たちの顔を見渡した。名古屋に異動してまだ一月にもならないというのに、ここにいる皆を率いていたのはもうずいぶん前までのことだったように感じられる。

それだけいろいろなことが須藤の身に立て続けに起きたということだろう。

左手の薬指にはまだうっすらと指輪をしていた痕がある。なかなか消えないものだ。

だが、離婚を決定づけた原因だと目される小峰と顔を合わせ、言葉まで交わしても、もはや遠い過去の出来事のようになんの感慨も湧かない。小峰もちゃっかり忘れ去っているようで、悪びれた様子はかけらも窺えない。たいしたものだと、いっそ微笑みかけてしまった。

唯一須藤が平常心を保つために努力を強いられるのは、充彦を前にしたときだ。

姿が目に入っただけで緊張し、目が合うとざわっと胸が騒ぐ。

飲み会を企画したいと濱田に言われたとき、ありがたい反面どうしようかと迷ったのは、充彦と同席するのが躊躇われたからだ。仕事で本社を訪れるだけならいくらでも避け様はある。しかし、飲み会となると、充彦とだけ話さないわけにもいかず、さりとて平静を装って当たり障りのない会話をする自信もなく、いっそ断ろうかと悩んだ。

結局は濱田に押される形で飲み会の席を設けてもらうことになったが、須藤は目の端で常に充彦の姿を追い、気にしていた。

一つは、午後一番に本社に着いて顔を合わせたとき、充彦が疲れた様子で今ひとつ元気がなかったことがずっと引っかかっているからだ。

さりげなく盛山に聞いたところ、この一ヶ月というもの充彦はずっとこんな感じらしい。

仕事のしすぎで体調を崩しているのではないかと何度か注意したが、「大丈夫です」と言うばかりで、心配はしているものの実際問題として何かあるわけではなく、それ以上は立ち入れずにいる、と渋面顔だった。

やはりまだ自分との間に起きたことが蟠《わだかま》っているのか。自意識過剰かもしれないが須藤にはそうとしか考えられず、気が重かった。充彦の気持ちを知った途端よそよそしい態度をとり始め、そのことにはいっさい触れずになかったことにして名古屋に行ってしまった。充彦にしてみれば手酷《てひど》い仕打ちを受けたも同然だろう。

ずっと引っかかり、後悔していたが、さりとてどうすればいいのかまるでわからず、今までうやむやのままにしてきた。

その間、充彦はどれほど悩み、苦しんできたのかと思うと、自分がどうしようもなく非情な人間のようでいたたまれない。

宴席でも少しも楽しそうでない充彦の青ざめた顔を気にしながら、須藤はほかの社員たちの話に耳を傾ける。

「綿貫主任、最近どうも付き合っている人がいるみたいなんですよ！」

須藤からは聞きもしないのに、最新の課内情報です、と女子社員三人組が冗談めかして挙げ連ねていった中に、充彦のプライベートに関するそんな噂も出てきた。

「へぇ、そうなの？」

ついそこだけ反応してしまって、須藤は次の瞬間しまったと後悔した。

幸い、彼女たちは勘繰った様子もなく、「予定があるって答える日が増えちゃって、なんか怪しい感じなんです」とはしゃぎながら教えてくれた。

それは思いもよらない話で、そうだろうか、と半信半疑だった。

須藤の知る限り充彦は器用な男ではない。華やかな外見から受ける印象とは違い、謙虚で控えめで、あまり自分から積極的に行動するほうではない気がする。私生活では特にそうだ。須藤に好きだと告白してさして日も経たぬうちに、もうほかに想う人ができてそちらと付き合っているとは、ちょっと信じがたかった。

それとも、告白された者の立場として、それはあまり愉快なオチではないと感じ、信じたくないだけだろうか。応えるつもりもないくせに身勝手きわまりないが、自分に対する気持ちがそんな簡単に潰《つい》える一過性のものでしかなかったと認めるのは、確かに少々不本意ではあった。

「そのちょっと前もそんな雰囲気あったんですけど、そのときとはなんかまた印象が違うんで、きっと別の人ですよ」

「そうそう、秋頃、なんかいいことあったみたいな輝きオーラ出してたよね」

ついでにギクリと心臓が縮むようなことまで言われ、今度は苦笑いするしかなかった。それはおそらく須藤とたびたび会っていた頃のことを指すのだろう。確かにあの頃の充彦は活き活きしていた。毎日張り合いがあって楽しいと本人も言っていた。

女性の観察眼は恐ろしい。侮れないものだ。

その頃からすると、充彦は須藤の目にも明らかに変わって見える。艶《なま》めかしさが増したのと同時に、どこか自棄《やけ》を起こしたような投げやりな印象、退廃に近い雰囲気が出て、以前の健康的な美貌が、今は妖艶《ようえん》な感じに変容した気がする。痩《や》せてしまって顎《あご》が尖《とが》り、頰が若干こけたせいもあるだろう。

なんとなく危なっかしくて、姿を追わずにはいられない。

これで充彦のほうも須藤を見ていれば、おそらく頻繁に目が合うことになっただろうが、充彦は須藤を避けているかのごとくこちらに顔を向けることがない。

飲み会が始まってからまだ一度も視線を絡めていなかった。

席も、充彦はあえて須藤から離れた場所に占めた。

仲がよかったですよね、と幹事の濱田がわざわざ充彦にと須藤の隣を空けていたにもかかわらず、充彦は「僕は端のほうで」と固辞したのだ。

充彦が須藤とはもう話をしたくないと思っているのだとしても、それは当然というか、仕方のないことだ。

須藤にしても気まずくはあるのだが、心のどこかにもう一度充彦と親しくしたい気持ちがあって、今の状態が残念でならない。以前のように気さくに話ができたら、こんなぎくしゃくした気分を味わわずにすむのではないかと思う。決して充彦のことは嫌いではないし、べつに喧嘩したわけでもないのに、ちょっとした感情の温度差のせいで疎遠になるのは、なんとももったいない気がする。

頭ではわかっているが、では自分から充彦に何事もなかったかのごとく前と同じ態度で接することができるのかというと、それはまた別問題だ。例の件をぶり返したくない、そっとしておきたいという気持ちでいるのも事実だ。しかし、そこを抜きに充彦との関係を修復するのは、口で言うほど簡単なことではない。少なくとも須藤には難しかった。充彦がそんな目で自分を見ているのだ、見ていたのだ、という意識がどうしても頭から去らず、知らずにいた頃と同じには振る舞えそうになかった。

飲み会は適当に盛り上がっていて、須藤もその場の雰囲気に合わせて表面的には楽しんでいるふりをする。

充彦以外のほぼ全員と言葉を交わし、この一月あまりの出来事を互いに語り合う。

小峰との噂話はすでに取り沙汰されなくなっているようで、単に須藤の手前皆が口を噤《つぐ》んでいるだけではないらしい感触を肌で感じた。目を見て話をすれば、相手の腹の底が察せられるものだ。噂が出た直後は興味本位にあれこれ邪推した者が多かったようだが、須藤が名古屋に移ってからは次第に引いていったらしい。

やっぱり本社に戻ってきて欲しいですよ、と真面目な顔つきで何人もから言われた。

須藤としては純粋に嬉しかった。誤解されたままではないようだとわかって、それを知ることができただけでも飲み会に参加してよかったと思う。

相変わらず充彦は一番端の席に座ったまま動かない。いつもであれば真っ先に須藤のところに酒を注ぎに来るはずが、そんな気配はまったくなかった。

充彦がこちらに来て須藤と話をする気がないのなら、自分からは行きにくい。とても気になっているのだが、なかなか腰を上げられずにいる。

自分は充彦の気持ちを拒絶したのだ。その後、転勤までの間、よそよそしい態度をとってさらに充彦の心を傷つけた。傷つけているだろうとわかっていながら、あらためることができなかった。

ひどいことをしたと後悔している。

恋人にはなれなくとも、ずっと友人でいることはできたはずだ。それを、動揺のあまり、それまでと変わらずに接することさえやめてしまった。

名古屋転勤の辞令が下りたのをこれ幸いと、きちんと話をせぬまま逃げたのだ。

あのときは、充彦のことだけでなく、根も葉もない中傷や周囲の白い目、小峰の恨みに満ちたまなざし、冷ややかな妻の言葉など、あらゆるものから逃げたかった。

充彦の気持ちまで汲んでやる余裕がまったくなかった。

それは今もたいして変わらないが、名古屋に行ってあれこれ肩の荷を下ろし、楽になった自分と引き換え、充彦はますます己を追い込み、辛い思いをしているようで、とても知らん顔していられない。

傍に行って声をかけたほうがいいのか、このまま黙って遠くから見ているだけにしておいたほうがいいのか、それすら須藤は決めかねている。

腑甲斐ない限りだが、こうした人間同士の関わり、機微には本当に疎い。恋愛に関してだけではなかった。

充彦は先ほどからビールばかり飲んでいる。

食べ物にはほとんど手をつけていない。

ただでさえ体調が万全ではなさそうなところに、それだけアルコールを立て続けに入れれば、酔わないはずがない。

案の定、そろそろ締めの挨拶をして引き揚げようかという段になって、充彦はテーブルに突っ伏してしまった。

ずっと充彦を見ていた須藤はあっと思って、すぐにでも大丈夫かと声をかけにいきたかったが、濱田から、

「締めの挨拶を須藤課長にお願いしたいと思います！」

と指名され、やむなくその場は諦めた。

適当な言葉を並べて簡単に宴席を締め括る。

皆はこのあと二次会に流れるようで、こういうことには誰より気が利く濱田が次に行く店まで当たりをつけていた。

「課長もよかったら、ぜひ」

須藤も何人かから熱心に誘われたが「元とはいえ、上司はいないに越したことはないだろ」と笑って断り、濱田に「これ酒代の足しにして」と一万円札を握らせた。

「綿貫さーん、わったぬっきさぁーん。起きてー、次行くよー」

女子社員二人が突っ伏したままの充彦の耳元で先ほどから騒いでいる。

寝ているだけなのか、はたまた気分でも悪いのか、遠目には判断がつかない。

須藤は帰り支度を始めた人の間を掻き分けて充彦の傍に近づいた。

「ここは任せて、きみたちは行きなさい」

「あ、課長。すみません、じゃあ私たちお先に」

二人は男手が来て助かったというように離れていく。

「あれれ、綿貫さん、いつの間に潰《つぶ》れちゃったんだろ」

すぐあとから濱田もやって来た。

「寝ちゃってますか？　あちゃあ、参ったなぁ」

「綿貫君は僕が自宅まで送っていこう」

須藤がそう言ったとき、充彦の肩が僅かにぴくっと揺れた。

どうやら意識はあるようだ。

須藤はとりあえずホッとする。

「いや、でも、課長にそんなご迷惑をおかけするわけには……」

幹事らしく責任感を出して逡巡する濱田に、須藤は「いいから」と重ねて言った。

「もう少しここで休ませてもらって、歩けるようになったらタクシーに乗せるだけだ。迷惑でもなんでもない」

「そうですかぁ？」

お願いしていいでしょうか、と上目遣いになる濱田を、須藤は「任せろ」と請け合って、二次会に向かわせた。

衝立《ついたて》で仕切られた畳敷きのテーブル席に二人だけになる。

人気がなくなって傍にいるのが須藤だけになったことに気づいたのか、充彦が肩を揺らしてゆっくりと頭を擡げた。

「……課長……？」

「まだもう少し休んでいていいよ」

ぼんやりと、夢でも見ているかのごとく呟いた充彦が、次の瞬間、ハッと我に返ったように上体を起こす。

今日初めてまともに顔を合わせた。

青ざめた顔に充血した目、淡く色づいた唇、酔って赤らんだ頬。

乱れて額や頬に打ちかかる髪を無造作に掻き上げた充彦は、今にも泣き出しそうに顔をぐしゃっと歪め、バツが悪そうに視線をうろつかせる。

「も、もうほかの皆は帰ったんですか……。課長はどうして……？」

しどろもどろに言い募る様が見ていられないほど気の毒で、充彦をこんなふうに狼狽えさせているのがほかならぬ自分であることが申し訳なかった。

「僕がきみを送っていく役を引き受けた。二次会に行かないのは僕だけだから。きみも、まさか行きたいとは言わないだろう？」

「え、ええ」

僕は帰ります、と充彦は小さな声で言う。

「ああ。それがいい。でも、一人じゃ危なっかしくて帰せないから、送る。立てるようになったら出よう」

「もう、大丈夫です」

「歩けるのか？」

充彦はたぶんと言いながら膝を立て、腰を上げようとする。

今ひとつ頼りなかったので、須藤は充彦の腕を掴んで一緒に立ち上がった。

よろける細身を胸板で受けて抱き留める。

「あ、すみません……!」

充彦は慌てて謝り、身を引いた。

そのせいで再びバランスを崩し、背後の壁に後頭部をぶつけかける。

「充彦」

須藤は咄嗟《とっさ》に充彦を親しくしていたときと同じように呼び、背中に腕を回して自分の胸に再度抱き込んだ。

充彦は信じられないような目でじっと須藤を見つめる。

須藤も自分が充彦をどう呼んだのか気がつき、きまりの悪さにどぎまぎした。

「……すまない。つい」

「いいえ」

充彦の表情がすっと元に戻る。

諦観《ていかん》に満ちた寂しげな暗い顔になるのを見て、須藤は胸が締めつけられそうになった。

「歩けるようなら、行こう」

肩を抱いたまま店を出る。

酔った男を支えて歩いているのだということは誰の目にも明らかで、時節柄、ほかにも似たような連中をたまたま見かけたこともあり、須藤は充彦と体を密着させていてもまったく意に介さなかった。

充彦は恐縮しながらも須藤から離れようとはせず、肩に寄りかかってくる。

「働きすぎだって聞いたよ。痩せただろう？」

黙ったままでいると気重で、須藤から話しかけた。

「そんなには。二キロくらい減ったかもしれませんけど」

充彦は努めて明るい口調で言おうとするのだが、成功しているとは言い難かった。むしろ無理をしているのが伝わってきて痛々しい。

しばらく道路際で空車を待ったが、なかなか来ない。

冷たい夜風に全身を嬲《なぶ》られながら立っていると芯まで冷えそうだ。

須藤は充彦に寒い思いをさせたくなくて、いっそう身を寄せた。

「す、須藤、さん」

充彦は戸惑ったような声を出し、僅かに身動いだ。

そうだ、充彦はもう自分を「斎《いつき》さん」とは呼ばないのだ。当たり前のことをあらためて突きつけられて、須藤は今さらながら寂しい気持ちになった。

自分でも訳がわからない。充彦を恋人として受け入れることは今でも考えられないが、普通以上の関係でいたいとは望んでいる。ただの上司と部下というだけでは満足しきれない。

充彦とこの先どんな関係でいたいのか、こうして優しくするのは今夜だけなのか、それすらはっきりした答えが見つからず、須藤は自分で自分に困惑する。

ようやくタクシーが捕まった。

充彦を先に乗せ、須藤も隣に座る。

風に当たったせいか充彦は店を出たときよりずっとしっかりしているように見えたが、このまま一人で帰らせるのは躊躇われた。

須藤自身に別れがたい気持ちがあって、このままでは中途半端になりそうで嫌だった。

もう少し充彦と話がしたい。

できればどんなふうにプライベートを過ごしているのか知っておきたい。

知ってどうするわけでもないのだが、知らないままではなんとなく落ち着けなかった。充彦が気になるのだ。それはもう否定しない。

マンションの場所は充彦が運転手に告げた。

酔いはあらかた醒めたのか、言葉も態度もしっかりしている。

「……今晩はホテルに泊まるんですか？」

真《ま》っ直《す》ぐ前を向いたまま、落ち着いた口調で須藤にも話しかけてきた。

こうしていると、すっかりいつもの充彦だ。冷静で穏やかで上品な、女子社員たちの間で高嶺《たかね》の花扱いされている美貌のエリート。白い横顔がときどき対向車の灯《あか》りで暗い車中に浮かび上がる。何を考えているのか悟らせない無表情ぶりが、あぁやはりもう打ち解けてはくれないのだなと須藤にひしひしと感じさせた。話をしてくれるだけまだましだと思わなくてはいけないようだ。

「東京駅近くのビジネスホテルにね」

「すみません、全然関係ない場所にわざわざついてきていただいて」

「僕がしたくてしていることだよ」

充彦はゆっくりと首を捻《ひね》って須藤のほうに顔を向け、戸惑いの浮かぶまなざしで見つめてくる。言葉の意味を取りかねて訝《いぶか》しんでいるかのような沈黙の間がある。

「きみのことが気になるんだ」

何かもっとわかりやすく言い足したほうがいいのかと思って須藤は口にした。

充彦は軽く目を瞠《みは》り、それからすっと伏し目がちになって、覚束《おぼつか》なげに睫毛《まつげ》を揺らす。

「……ありがとう、ございます」

肉薄の唇が面映《おもは》ゆそうにたどたどしい言葉を綴《つづ》る。

それっきり黙って車窓に向き直ってしまったので、表情が見られなくなった。

会話も途切れてしまう。

話がしたいしと思いつつ、いざとなると須藤は何を話題にすればいいのかわからなかった。

そのままタクシーは二十分ほどで充彦の住むマンションに到着した。

「上がっていかれますか……？」

充彦に遠慮がちに誘われる。

「せっかくですから、コーヒーでも飲んでいってください」

須藤は少し迷ったものの、やはりこのままでは物足りず、悔いを残してしまいそうな気がしたので、受けることにした。

エントランスのオートロックは故障でもしているのか開いたままになっていた。

「引っ越し作業でもあったのかな。ときどき解除されたまま開きっぱなしになってることがあるんです。ときどきって言っても、僕がここに越してから二年半の間に二回か三回あったかなという程度ですけど」

いよいよ本当に二人きりになって、充彦は心持ち緊張しているようだ。

ドアのことを饒舌《じょうぜつ》に喋ったかと思うと、エレベータに乗り込んでからは一転して黙り込む。

階数ボタンを押す指が僅かに震えていたのを須藤は見た。

コーヒーを飲む間だけ話ができればいい。

次はまたいつ会えるかわからない。もしかするとこれが最後になるかもしれないのだ。

今後再び同じ支社勤務になるとは限らないし、充彦にはそろそろ海外赴任の話が出てもおかしくない頃合いだ。どちらかが転職する可能性もある。そう考えると、この機を逃せないと思えてくる。

七階でエレベータを降りた。

充彦が先に立って廊下を歩く。

廊下は外廊下で、ずらりと各戸のドアが並ぶ中、最奥まで進んだ。

「角部屋？」

充彦は無言で頷くと、ぎこちない手つきで鍵穴になんとか鍵を差そうとする。

しかし、須藤の前で焦ってしまったのか、なかなか鍵が入らない。

見かねた須藤は充彦の腕を手で軽く押さえ、交替した。

鍵はなんなく開いた。

ドアを開けて「どうぞ」と先に充彦を中に入らせる。

続いて須藤も玄関に足を踏み入れ、閉まったドアに念のため内鍵をかけておこうと背後を向きかけた。

次の瞬間、背後から充彦に抱きつかれ、須藤は仰天して体を傾《かし》がせた。

内鍵に手をかける前に体勢を崩し、何がどうなっているのか把握しきれないまま、気がつくと背中がドンと玄関脇の壁に当たっていた。

「充彦……っ？」

自分でもめったに聞かない動顛《どうてん》した声が出る。

うっとりするほど美しい白皙《はくせき》が目の前に迫ってきたと思った途端、貪《むさぼ》るように唇を吸われていた。

荒々しく唇を押しつけられ、いかにも情動のままといった勢いで吸い上げられる。頭の中で閃光《せんこう》が飛び散り、驚きのあまり何も考えられなくなる。

感じるのは唇の温かさと柔らかさばかりで、これが男のものだということすら意識しなかった。キスの感触は心地よく、嫌悪感はまるでない。

それでもおそらく須藤が我を忘れて動きを止めていたのは僅かな時間だったはずだ。

「やめなさい!」

本気で抗えば体格的に須藤のほうが勝っている。

充彦の肩に手をかけ、自分の体から押し離す。

引き剝《は》がすだけのつもりだったが、咄嗟のことに力の加減を誤って、充彦は踏みとどまれずに尻餅《しりもち》をついて転倒した。

段差の小さいフローリングの床に倒れ込んだ充彦に、須藤はハッとして、腕を差し出した。

「すまない。転ばすつもりはなかった」

どこにも怪我《けが》をした様子は見受けられなかったが、充彦は髪を乱し、顔を俯けたまま、須藤を決して見ようとしない。

「帰ってください……やっぱり、帰ってください」

すみません、すみません、と何度も繰り返す。

泣いているのが声からわかった。

「……充彦、もしかして、まだ……」

まだ自分のことが好きなのか、そう聞こうとしていったん言葉を途切れさせ、こくりと唾《つば》を呑《の》む。

そのとき、外から誰かがドンドンとドアを叩き、

「充彦？　充彦、今変な物音がしたぞ。いるのか？」

と呼びかける声がした。

充彦がギョッとした様子で顔を上げる。

髪が打ちかかって顔は半ば隠れていたが、頬が濡《ぬ》れ、隙間から覗く目が真っ赤に腫《は》れているのは見てとれた。

ガチャリとドアが引き開けられる。

背の高い、髪を長めに伸ばした男が姿を現した。

整った顔立ちに流行の先端をいくようなセンスのいい服装、堂々とした佇《たたず》まいに自負心が表れた、六本木や青山辺りの雰囲気が似合いそうな男だ。

もしかして、と須藤はピンときた。

少々意外ではあったが、この男が充彦と特別な関係にあるのだということは、一瞬でわかった。飛び込むような勢いでドアを開け放ったときの男の表情がすべてを物語っていた。恋

人を心配し、自分が守らなければという強い意思を含んだ真剣な表情だった。

「あなた、これはいったい……」

状況を見て須藤が充彦に乱暴を働いたと思ったのか、男が怖い目で須藤を睨み、今にも胸《むな》座《ぐら》を摑み上げてきそうな雰囲気になる。

「ち、違う、違うんだ、俊紀」

充彦が慌てて涙を拭《ぬぐ》い、立ち上がって須藤を庇《かば》うように立ちはだかった。

「僕が悪いんだ、僕が、その、勝手に足を滑らせて……」

「失礼。彼は今夜会社であった飲み会で少し飲みすぎまして」

あとは須藤が引き継いだ。

前に立つ充彦をやんわりと俊紀と呼ばれた男のほうに押しやり、彼に委《ゆだ》ねる。

俊紀は充彦の体に腕を回し、ぎゅっと力強く抱き寄せた。

「あなたは充彦と同じ会社の？」

「元上司です。今は名古屋のほうにおりますが、今日はたまたま出張してきていまして」

「そうでしたか。それは大変失礼いたしました。頭に血が上って勘違いしてしまって」

冷静に話をしてみると、俊紀は礼儀正しく感じのいい立派な社会人という印象だった。勤め人とは雰囲気が違うので、おそらく自分で会社を経営するか何かしているのだろう。この若さでたいしたものだ。そういうオーラがまたあった。

充彦はもう泣いていなかった。

じわっと俯きがちになったまま、須藤の視線を避けるようにして俊紀の腕に包まれて立っている。

お似合いじゃないか。須藤はそう思うしかなかった。二人が寄り添っている様は、とてもしっくりときていて、須藤の入り込む隙間はどこにも見当たらない。

「あなたがいらっしゃったのならもう大丈夫ですね。わたしはこれで失礼します。彼を送ってきただけですから」

「どうも、わざわざすみませんでした。ありがとうございます」

俊紀は最後まで威風を感じさせ、たとえ自分たちが男同士の特別な関係にあることがばれて不都合が生じたとしても全然かまわない、充彦一人いつでも自分が養えるのだとでもいわんばかりの強さを醸し出していた。

須藤は「それじゃあ、また」と充彦に声をかけ、マンションの廊下に出た。

噂は今度ばかりは間違っていなかった。

充彦にはあんな頼りがいのありそうな男がついている。

そのことを確かめられてよかったと思わなければならないはずだが、なぜか須藤の心は晴れなかった。

晴れるどころか、今まで湧かせたことのないもやもやとしたどす黒いものが胸一杯に広がりつつあって、息苦しさを覚える。

さすがに須藤にもそれがなんなのか察せられなくはなかった。

まさか、と信じがたい心地がする。

この期《ご》に及んで充彦の相手に嫉妬《しっと》するなどあり得ない。

訳がわからない。

充彦のことは好きだが、恋人にはなれない。それははっきりしている。

ではなぜ俊紀に対してこんな気持ちになるのか。

自分で自分の心が摑みきれずに狼狽《ろうばい》するばかりだった。

4

須藤が去っていくのを目で追うこともできぬまま、充彦は竹本に抱き寄せられて身を強張らせていた。

「平気？」

竹本に正気づけるかのごとく揺さぶられる。

充彦はピクッと顎を震わせ、黙って頷き、覚束ない手つきで髪を掻き上げた。

「……今日が約束の日だったから、ずっとメールを待ってたんだけど」

訪ねてくるなり遭遇した状況が状況だったせいか、竹本も今ひとつ歯切れが悪い。気まずさを感じているのが声音に表れている。

「九時頃まで我慢して、それでもまだメールくれないから、なんだかもうじっとしていられなくなった。振られるなら振られるにしても、メール一本じゃなくちゃんと会って話がしたいと思ったんだ。……まさか、誰かと一緒だなんて想像もしてなかった」

「ご……めん」

まだ頭が混乱していて何から謝ればいいのかさえ定かにできていなかったが、とりあえず充彦は竹本に頭を下げた。

きっと気づかれている。須藤が充彦の片想いの相手だと、竹本は察したに違いない。もともと勘がいいほうだし、何よりあの場の雰囲気が二人をただの上司と部下ではないと知らしめていた。

「上がっていい？」

竹本に言われ、充彦は靴も脱がずに玄関に立ちっぱなしでいたことにやっと頭がいく。どうしようかと迷ったが、このまま立ち話で終わらせて追い返すのは、あまりにも礼を欠く仕打ちだと思い、ワンルームの部屋に上げた。

竹本をソファに座らせ、オーバーコートと上着を脱ぎ、キッチンスペースでコーヒーメーカーをセットする。首を楽にしたかったのでネクタイも外してしまった。

本来であれば須藤のためにコーヒーを淹《い》れるつもりだったことが頭の隅を掠《かす》める。

冷静に向き合おうと心に決めて須藤を部屋に誘ったはずが、またしても感情が先走り、情動のまま突っ走ってしまった。人目のない場所で須藤と二人きりだと意識した途端、理性の箍《たが》が外れ、この機会を逃せば次はもうないかもしれないという切迫した心境になり、いっきに感情が昂った。

もうこれで二度目だ。

しかも、今回は無理やりキスまでした。抱きつくだけでは飽きたらず、押し倒してのし掛かる勢いで迫ったのだ。あそこまでなりふりかまわないまねができるとは我ながら驚きだ。どうかしていたとしか思えない。

情が深くて人のいい須藤もさすがに懲りただろう。充彦にかまうのは危険だと感じ、今後は近づくまいと辟易《へきえき》したに違いない。そう受け取られても仕方のないことをしてしまった。

落ち込んだ気分から立ち直れず、竹本を前にしていても口を開く気力も出ずに、充彦は浮かない顔つきでマグカップを二つローテーブルに運んだ。

ラグを敷いた床に腰を下ろしかけたところ、竹本がソファを立って、充彦の腕を引く。

え、と思ったときにはソファに座らされていて、竹本のほうが床に下りていた。

今は竹本と接近したい気分ではなく、少し距離を置きたいと思っていたのを察したように場所だけ譲ってくれる。

言葉にしなくとも充彦の顔を見ただけで気持ちまで汲んでくれる、竹本は本当によく気のつく男だ。優しくて思いやりに溢《あふ》れ、大人の振るまいができる。

こうした場合、須藤のことをもっと聞いてきたり、約束の返事はと迫ってきたりしたとしても、竹本の立場であれば無理はないと納得できるのに、竹本は決して充彦を困らせたり追い詰めたりしないのだ。

竹本の気持ちがありがたくて、申し訳なくて、またしても熱いものが込み上げてきた。

充彦の涙腺《るいせん》は今日はどうかしているようだ。

いい歳《とし》をした男がみっともないと自分自身を叱咤するが、一度ツキンとしたものが鼻の奥を越えると、瞳が濡れるまであっという間で抑えられなかった。

天井を仰いで涙を零さないようにする。

床に座った竹本に顔を下から覗き込まれるのが恥ずかしく、俯くのは躊躇われた。

「充彦の元上司って人、品がよくて顔綺麗でまだ若かったね。スーツの着こなし方が参考にしたいくらい素敵だった」

竹本が唐突に須藤の話をし始める。

避けては通れないだろうと覚悟していたが、いざ口にされると身構えていたにもかかわらず心臓がドキリとした。

充彦は目元を乱暴に手の甲で一拭いし、湯気を立てているコーヒーカップを引き寄せた。

「仕事も……できる人、なんだ」

黙ったままでいるのも空気を悪くしそうで、思い切って声を出す。鼻にかかって嗄《か》れた声はいつも自分で聞いているものより弱々しく、打ち拉《ひし》がれているのがあからさまだった。

「うん、そんな感じがした」

竹本もコーヒーに口をつける。

室内は静かで、聞こえるのはエアコンの作動音だけだ。

熱いコーヒーが頭をすっきりさせてくれたのか、充彦は次第に落ち着きを取り戻してきた。いつの間にか酔いもどこかへ吹き飛んでいる。

「でも、彼、奥さんいるんじゃないの？」

「え、どうして？」

「指輪の痕があった。外しているだけなんじゃないかと思った。けど、きみの顔見てたらそうじゃないみたいだね」

相変わらずの観察眼だ。

鋭い指摘に充彦は驚き、泣いた後のみっともない顔だということも忘れて竹本を見る。

竹本はいつもに比べて若干感情を抑えた顔つきをしている。

不機嫌とまではいかないが、陽気さや屈託のなさは陰を潜め、苦悩や葛藤《かっとう》を胸の内に抱え込んでいるかのごとく表情が硬い。

淡々とした口調には嫌味や当てこすりじみた響きはないが、ただ穏やかというのとは違う苦みが含まれている。

竹本はすうっと息を吸い込んで、充彦の顔をしっかり見据えてきた。

強いまなざしに射竦められる。

そこには自負と苛立ちがはっきり込められていて、充彦を責めるつもりはないが、なぜ自分ではだめなのか納得しきれないといわんばかりの悔しさが、まざまざと伝わってくる。

充彦は竹本の真摯《しんし》さに気圧《けお》されそうになり、ばつの悪さから視線を合わせていられなくなった。いたたまれずに目を逸らし、睫毛を伏せる。

「僕が一方的に好きなだけで、あの人自身は普通の人なんだ」

沈黙に促されるようにして充彦は再び口を開く。

「彼は充彦の気持ちを知っているの？」

充彦は頷いた。

「あのバーに通い詰めてたのは……告白して振られたから、だから。それなのに……今夜また、嫌われるようなことをしてしまった」

言うなり、さっきやっと止めたはずの涙がいっきに目から溢れ出てくる。

急激に感情が昂り、泣くばかりかしゃくり上げてしまう。

「充彦っ」

竹本が飛びつくようにして充彦の横に来る。

ソファに座ったまま充彦を抱き寄せると、頭を守るように胸板に包み込む。

「あの人には、無理なんだ。わ、わかっているのに、優しくされたことに、自惚れてっ、また僕は、ばかなことを……！」

堰《せき》が切れたように泣きながら途切れ途切れに言い募る。

言葉も涙も止まらなかった。

竹本は充彦の背中や肩を撫《な》でさすり、聞き役に徹して相槌だけ打って、充彦に溜め込んでいたものを吐き出させてくれた。

「もう諦めがついたと思っていたけど……先週久しぶりに電話で声を聞いて、あぁやっぱりまだ吹っ切れてないと気がついて。なのに、こんなふうにして俊紀に甘える自分が嫌で嫌で。このままだと俊紀まで傷つけそうで……だから」

だからもう会うのをやめようと思った。やめるべきだと思った。

充彦の言葉に竹本はぐっと充彦を抱く腕に力を込めた。

「そういうことだったのか。きみがいきなりあんなことを言い出した訳がやっとわかったよ」

低く、唸《うな》るような声で言われ、充彦は怒って当然だと神妙に受けとめた。

「そんなに苦しい思いをしているときに僕のことまで気にするなんて、きみは馬鹿だ」

続けて言われる。

竹本は充彦が考えたような理由で怒っているのではなく、充彦が一人で全部背負い込もうとしたかららしい。

逞しい胸に突っ伏していた顔を上げると、竹本が頬に両手を添え、じっと充彦を見据えてきた。

「声を聞いただけじゃなく、向こうが出張で東京に来て会うことになって、それできみはこんなふうにぐずぐずに崩れてしまったの？」

手厳しいが竹本の言うとおりだ。

充彦は胸に痛みを覚えつつ、頷いた。

泣き顔を見られ、もう恥も外聞もなくなっている。こんな有り様で突っ張ってみても仕方がない。よけい不様なだけだと観念した。

「つまり、こうして傍にいてきみを抱いてあげられる僕より、振り向く見込みのまるでないあのバツイチの彼への気持ちに誠実でいることを選びたい――そういうこと？」

言葉にして突きつけられると、いかにそれが実りのない選択か、思い知らされる。

押しても須藤は靡かない。誠実で情に厚い人だから、本調子でない充彦を見るに見かねて世話してくれたが、それは決して愛情からではなかった。充彦のほうはタクシーに乗っていたときから須藤の息遣いや体温を感じて股間《こかん》を硬くしかけていたが、須藤はそんなこととは想像だにしなかっただろう。キスをしても、いきなり殴りつけられはしなかったが、その気になった様子は僅かも窺えなかった。ただただ驚き、混乱していたようだ。

「たとえば、一週間待つところを、三ヶ月、半年でもいいと、僕が言ったら？」

充彦側の事情を知っても竹本はなおも食い下がってきた。

その気になればいくらでもほかに相手を見つけられるに違いない竹本が、その間充彦を待つという。

「……そんな」

嬉しくないといえば嘘になるが、同時に、半年経っても応えられるかどうかはっきりした約束はできないのに、竹本を無為に待たせるわけにはいかないとも思う。それが図らずも充彦にとって新たな足枷《あしかせ》になるかもしれず、お互いのためにそれは得策でない気がした。

「ごめんなさい」

「さっきも言った。僕のことは気にしなくていいから」

間髪容れずに竹本が畳みかける。

「待つだけ。きついことを言うかもしれないが、あの人がきみを恋人として受け入れる可能性はとても低いと思うよ。それなら、僕をキープしておいたほうがよくない？　期限は切らなくていいよ。好きなだけあの人のこと想って、諦めがついたらでいい。僕はきっときみ以上に好きになれる相手には今後出会わない予感がしてる。だからいくらでも待つよ」

熱の籠もる真剣な調子で懇願されて、充彦は何も返せなかった。

竹本の真摯さに圧倒され、断るに断れない。

無理だ、無駄だ、どうしよう、と頭の中で困惑が渦を巻く。

今すぐここで結論を出すのは荷が勝ちすぎていた。

気を張り詰めすぎて、貧血を起こしたかのように目の前が真っ暗になり、眩暈《めまい》を感じた。

「充彦」

ぐらりと傾ぎかけた頭を竹本が慌てて支え、ソファに横にならせてくれる。

「ごめん、ごめん、充彦。きみを困らせるつもりはないんだ。僕が言いたかったのは、きみはもっと楽になったほうがいいっていう、ただそれだけで」

竹本はめったになく狼狽《うろた》えていた。

何度も謝りながら充彦の濡れた頰や額に労《いたわ》りを込めて触れてくる。

「今夜はもう寝たほうがいい。ベッドに連れていこうか?」

「大丈夫、一人で行ける」

充彦は細い声で答え、起き上がってベッドに移動した。

竹本が気を利かせてマグカップをキッチンのシンクに持っていき、洗ってくれている間にスラックスとカッターシャツを脱ぎ、ふとんの中に潜り込む。

「しばらく寝顔を見ていていい？」

洗いものをすませてベッドに横たわった充彦の傍にきた竹本に縋るようなまなざしで言われ、充彦は躊躇いを押しのけつつ頷いた。

「ありがとう。灯りは絞ったままでいいから」

「鍵は郵便受けに放り込んで帰ってもらえる？」

「ああ、そうするよ」

泊まりたい、とは竹本は言わなかった。

あくまでも充彦の気持ちを優先させてくれる竹本の優しさがせつない。

本当に、どうして自分はこんないい男を素直に選ばないのだろうと、考えただけで訳のわからない涙が目尻に浮いてきた。

電灯を最小限にした薄暗い部屋で、竹本にじっと見下ろされているのを感じる。

面映ゆくてしばらくは身動ぎをするのも気を遣っていたが、やがて疲れが出たのか、自分でもいつと定かでなく寝入ってしまっていた。

朝、いつもセットしている目覚ましのアラームが鳴って、充彦が起きたときには、竹本の姿はなかった。

充彦はホッとして竹本に感謝の気持ちでいっぱいになった。

一言メールでお礼と迷惑をかけた詫《わ》びを入れておこうと思い、携帯電話を手に取る。

受信メールの一覧を呼び出して、充彦は首を傾げた。

あるはずのメールがない。

そんなばかな、とスクロールしていって、充彦はさらに愕然《がくぜん》とした。

竹本からのメールが一通も残っていない。

充彦から竹本宛に送信したメールの記録もすべてなくなっている。

まさか、と思って、アドレス帳を確かめる。そこからも竹本俊紀の記録は消されていた。

竹本が昨晩のうちにしていったに違いない。

なぜ、と考え、考え、竹本の気持ちを必死になって汲み取ろうとして充彦が辿《たど》り着いたのは、これは竹本からの優しい「さよなら」なのだ、ということだった。

一晩熟考した挙げ句、竹本が出し直した結論に違いない。

充彦の気持ちを何より大事にしたいと訴えてきた竹本の顔が脳裡に浮かび、充彦は声もなく涙を零《こぼ》した。

IV

1

年が明けて一月半過ぎた。

その間充彦はとにかく仕事一筋だった。がむしゃらに働いていた記憶しかない。

須藤を好きな気持ちを否定することなく、無理に忘れようとせず、ただ考えるのをやめようとするのであれば、何かほかのことに集中し、頭を一杯にする以外なかった。

仕事に没頭していれば気が紛れた。

時間の経つのが早く感じられ、一日があっという間に終わる。

誰よりも早く出社して、残業があるときにはフロアで最後の一人になって電気を消して帰る日も何度かあった。

おかげで大口取引先との新規契約を纏めるという功績を上げることもでき、仕事のほうは充実していた。

名古屋出張を言い渡されたのは二月も半ばになろうかという頃だった。

名古屋と聞いて充彦は否応なく須藤を頭に浮かべ、ズキリと胸の奥が疼《うず》いた。須藤には正直、合わせる顔がない。会えばまた未練がましく須藤を求めてしまいそうで、せっかく須藤のことを考えまいとしてきた努力が水の泡になる気がする。時が解決してくれるのを待つ心積もりでいた充彦にとって、まだ傷も癒えぬこの時期に須藤とまた会わねばならないのはきつかった。恋情が僅かも薄れていない自覚があるだけに怖いのだ。

だが、すぐに気を取り直し、これは仕事だと己に言い聞かす。

いずれにせよ、いつまでも避けていられないことは確かだ。むしろ思い切って須藤と向き合い、一度きちんと話をしたほうがすっきりするのではないか。同じ会社にいる以上、この先も顔を合わす機会はあるだろう。凝《しこ》りを残したままではお互い気詰まりだ。須藤の人柄からして、充彦を無視して何事もなかったかのごとく振る舞おうとは考えない気がする。須藤のほうもけりをつけたいと望んでいるかもしれないと思った。

充彦はまだあのときのことを謝りもしていない。

蒸し返すのは勇気がいるが、このまま知らん顔していては自分自身すっきりせず、いつまでも喉《のど》に骨が引っかかっているような心地悪さがある。

一つ一つ片をつけていかなくてはと思う。

でなければ先に進めそうになかった。

出張には充彦一人で出かけた。

名古屋支社で営業を担当している飯田《いいだ》という男性社員と共に、今回大量の製産発注をかけた縫製工場を訪れ、社長と工場長に挨拶をする。

夜は先方を招いての宴席が設けられており、そこに名古屋支社の生活スタイル部門担当課長として須藤も同席した。

昼過ぎに新幹線で名古屋駅に着くと飯田の出迎えを受け、そのまま支社には寄らずに先方の工場を訪れたため、須藤と会うのは宴席の場でという形になった。

予約してあった老舗《しにせ》の中華レストランに社長たちを連れていくと、須藤は先にきて待っていた。

そのときはお互い目礼しただけで、特別言葉は交わさなかった。

五人で円卓を囲み、先方の接待に勤《いそ》しむ。

できるだけ須藤を意識するまいとしたのだが、どうしても一挙手一投足に目が行き、声を聞くたび心臓が高鳴った。

こんな想いを抱えているのは充彦のほうだけなのだ。須藤はきっと充彦を見て気まずくこそあれ、以前のような好意はもう感じていないだろう。嫌われるところまではいかないにせよ、できれば距離を置きたいのではないかと思う。

目の端で須藤を不躾《ぶしつけ》にならない程度に窺いながら、表面上はそつなく振る舞い、先方にもいい印象を与えることができたようだ。

「いやぁ、今日は楽しかった。わざわざ東京からお越しいただいて、こうしてお目にかかれて光栄でした。今後ともひとつよろしくお願いします」

上機嫌で社長に握手を求められ、充彦は胸を撫で下ろした。いろいろと行き届かないところがあったのではないかと不安だったが、喜んでもらえてよかった。名古屋まで出張してきた甲斐があったというものだ。

二人をタクシーに乗せて見送り、飯田と三人になる。

「これからどうしますか？　もう一軒行かれるならいい店に案内しますよ」

飯田はまだ飲み足りない顔で行きたそうな素振りを見せていたが、充彦はそんな気になれず断った。それより、須藤と二人で話がしたい。それをどう切り出せばいいのかタイミングが難しく、このまま須藤が帰ると言いだしたらどうしようと焦っていた。

「それじゃ俺も帰ります。綿貫さん、ホテルの場所はわかります？」

「ええ。今日はどうもありがとうございました」

充彦は飯田に礼を言い、地下鉄の入り口を下りていく飯田を須藤と共に見送った。

ようやく二人きりになれた。

そう思った途端、再び心臓が動悸を激しくし始めた。

「あ、あの……」

「ホテルはどこ？」

充彦が言いかけたのと同時に須藤も口を開く。

少しだけ充彦より背の高い須藤の顔を振り仰ぐようにして見つめた。

須藤も躊躇うことなく真っ直ぐに充彦を見返す。

怒っているとかうんざりしているとか、もう関わりたくないなどと思っている様子は微塵《みじん》も窺えず、いつもの淡々として落ち着き払った須藤斎だ。

もしかするとこれは須藤なりの拒絶であり素知らぬ振りなのかもしれなかったが、少なくとも嫌悪されないだけましと考えるべきだ。充彦はそう嚙み締めた。

「駅の近くのビジネスホテルです」

ホテルの名を告げると須藤は頷いた。

「チェックインはまだ？」

「はい。これからです」

「じゃあ、あとで送っていくから、その前にちょっとお茶でも飲みに行かないか。明日はもう名古屋支社には寄らずに帰るんだろう？」

そのとおりだ。だからこそチャンスは今この時しかないと、タイミングを見計らっていたところだった。

予想外に須藤のほうから誘われて、充彦は肩の力が抜けた。

須藤も充彦と折り入って話がしたいと思っているようだ。

何を言われるのか心配で兢々《きょうきょう》とする気持ちもあるが、やはり須藤と二人で話ができるのは嬉しかった。

期待は何もしていない。していない。

須藤の背中についていきながら充彦は何度も胸の内で繰り返す。

だが、繰り返せば繰り返すほど自分がまだ須藤に未練を残していて、爪《つめ》の先ほどの望みをどうしても捨てきれずにいることをよけい思い知らされるのだった。

午後十一時まで営業している珈琲店に入る。

広い店内は八割方埋まっており、飲んだ帰りと思《おぼ》しきサラリーマンやお喋りに興じている若い女性客で賑々《にぎにぎ》しい。ここならば人に聞かれたくない話も周囲の耳を気にせずできそうだ。

奥のほうのテーブルに向かい合って座ると、充彦はあらたまった心地になって緊張を増してきた。

対する須藤はいっそう泰然とした雰囲気を醸し出している。こういうとき、八歳の年の差を感じる。いざとなると須藤はどっしり構えていてそうそうたじろがない。部下の誰かが一歩間違えば大事になりかねないような失敗をしたとなっても、「まぁ、なんとかするよ。それが僕の仕事だし」と少しも動じたところを見せず、実際、打てる限りの手を打って収めてくれていた。

鷹揚《おうよう》で責任感が強く、我欲がなくてどこか突き抜けた、そんな須藤が好きだ。

もう、どうしようもなく好きでたまらない。

須藤を前にしていると性懲りもなく体が熱くなり、抑えようにも抑えきれずに恋情が湧いてくる。あとどのくらい時間をかければこの気持ちが落ち着くのか、充彦はいよいよ心許なくなってきた。

「今日はお疲れ様。仕事のあとまでこうして付き合わせて悪いね」

紅茶にミルクを入れて品のいい手つきで掻き混ぜながら、須藤はおもむろに口を開く。

充彦は恐縮し、いえ、とだけ答えて目を伏せた。

こうして須藤といるのが面映ゆい。視線を注がれていると感じて睫毛が震えた。二度も拒絶されたのにいまだに恋心を持っていると知られたら須藤はどんな顔をするだろう。嫌われるのだけは避けたくて、なるべく須藤には充彦のそうした想いを感じさせたくない。充彦の存在が重すぎると感じたら、須藤はもうこんなふうに話をしてもくれなくなるだろう。

「今さらだけど、あのときは中途半端な形になって申し訳なかった。ずっと気になってはいたんだが、ここは僕の出る幕じゃないんじゃないかと思って放置してしまっていた」

須藤は淡々とした口調で言う。

充彦のマンションで突然キスを迫られ、竹本といきなり顔を合わせ、さぞかし面食らっただろうに、他人事のように冷静だ。

「……お詫びしなければいけないのは、僕のほうです」

俯いたまま充彦はか細い声で返す。

須藤にとってはすでに片のついた問題なのだと感じられ、虚しさとせつなさが込み上げる。

「あのときの彼とは今でも会っているの？」

さっそく竹本のことを聞かれ、充彦は上目遣いに須藤の顔を窺った。

なんの含みもなく話の流れから必然的に思い出しただけだというふうに、これといった感情は表に出ていない。かといってそっけないわけでもなく、竹本とその後どうなったのかに幾ばくかの関心は持っているようだ。実のところ充彦には須藤の本心は今ひとつ定かでなかった。須藤は普段は決して無表情ではないが、その気になれば喜怒哀楽をあからさまにせず、平静を装うことができる。いわゆるポーカーフェイスが得意なのだ。

「別れました」

充彦は短く答え、須藤の表情に動きが出ないかと注視した。

須藤は意外そうなまなざしをして、気のせいかもしれないが、聞かなければよかったとでも言わんばかりに困惑した顔つきになったように思えた。

「そう」

もしかするとその原因の一つは自分なのか、と須藤は気を回したらしく、複雑そうに眉根を寄せる。

「僕が悪かったんです」

充彦は急いで言葉を足した。須藤に僅かでも責任を感じてほしくなかった。そんなつもりで言ったわけではない。

「中途半端な気持ちで彼と付き合って、なんというか……期待をさせて。結局僕は彼を我《わ》儘《まま》に振り回しただけでした。後悔しています」

「後悔？」

確かめるように須藤に聞き返され、充彦は勇気を振り絞った。

「……僕は、やっぱり……須藤さんのことが……」

ここまで告げておきながら、好き、の一言だけすんなり出てこない。好きと口にするとまた須藤を困らせるのではないかと慮《おもんぱか》り、せっかく振り絞ったはずの勇気が萎《しぼ》んでしまう。

「すみません」

充彦は須藤から視線を逸らして頭を下げた。

しばらく沈黙が続く。

須藤がどんな表情をしているのか知るのが怖くて、充彦は項垂《うなだ》れたまま唇を噛んでいた。

カチャリとティーカップをソーサーに戻す音がする。

紅茶を一口飲んで間をおいた須藤は、

「僕もね……」

と、考え考え言葉を選ぶような慎重さで切り出した。

いよいよ本題に入る気配を感じ、身が強張る。

須藤は言おうか言うまいかさんざん逡巡した挙げ句に意を決した様子で、訥々《とつとつ》と続ける。

「実はあれからずっと考えていた。あの晩のことが頭を離れなくてね。……きみのことばかり、考えてしまうんだ」

思いがけない言葉に充彦ははっとした。

テーブルに載せられた須藤の手が、落ち着かなそうに動く。中指の腹で意味のない軌跡を描いたり、五指を伸ばしてみたりして、緊張していることを窺わせた。

気の利いた返事がしたかったが、へたなことを言うとそれ以上話してもらえなくなりそうで、相槌一つ満足に打てない。

「きみが彼と付き合っているんだと思うと、なんだか苛ついて、あまりいい気分じゃなくなる。今何をしているんだろうと頻繁に頭に浮かべてしまう。……夜は特に、きみと彼が一緒にいるところを想像して……もやもやした」

それって、と充彦は目を見開く。

「自分でも自分の気持ちがよくわからないんだ」

須藤は当惑していると隠さずに打ち明ける。

「きみのことをなんとも思っていないのなら、こんな感情は持たない気がする。さっきも、きみが彼とは別れたと答えたとき、僕は胸の閊《つか》えが一つ取れたみたいに楽になった。不謹慎な言い方をして申し訳ない。だけど、それが本音なんだ」

「須藤さん」

悩ましげに顰めっ面をする須藤を見た充彦は、どうしても確かめてみないではいられなくなった。

「そんな言い方をされたら、僕は、厚かましく期待してしまいます。須藤さん、僕のことが少しは好きですか……？」

我ながらずいぶん大胆に、自惚れた質問をぶつけたものだ。言葉にしてからあらためてじわっと赤面したが、ここまできたらもはや恥も何もないと開き直る。すでに須藤にはさんざん醜態を晒《さら》している。今さら取り繕ったところで仕方がなかった。

捨て身になって聞いてはみたものの、須藤からまともな返事がもらえるかどうかはあまり期待していなかった。答えにくい質問をしているのは百も承知だ。適当にはぐらかされるだろうと思っていた。

須藤はふっと微かに笑い、迷うことなく、

「そうだね、少しじゃなくて……だいぶ好きかもしれない」

と答える。

てっきり冗談めかしてお世辞を言われたのだと思って、充彦も笑って受け流そうとした。

しかし、充彦を見つめる須藤の目は真剣そのものだ。そんな軽い気持ちで発言したのではないことが伝わってくる。

充彦はこくりと喉を鳴らした。

好きだと言われた。だが、好きにもいろいろある。勘違いして糠喜《ぬか》びするなと自分を戒める。結局がっかりすることになったときのために逃げ道を用意しておきたかった。

「よかった」

充彦は肩の力を抜き、快活な口調を心がけた。

「嫌われてはいないとわかって安心しました」

「きみを嫌ったことは一度もないよ」

須藤の返事はきっぱりしていた。

抱きついたりキスしたり、情動のまま無茶な迫り方をしたのにと反芻《はんすう》するにつけ、須藤の寛大さがありがたくて目頭が熱くなる。

「でも、びっくりしたし、困ったでしょう？」

「戸惑いはしたけれど」

屈託なく言われ、充彦はあらためて恐縮し、俯いた。

須藤が本音で向き合ってくれているのがわかり、ありがたかった。言葉に裏があるのではないかと深読みせずにすみ、素直に受けとめられる。

「……僕の好きは須藤さんの好きとはたぶん、種類が違うんです」

充彦が少しだけ自虐的になると、須藤は「どうかな」と考え深げに返してきた。

うやむやなままではもういられない、いたくない。充彦は次第に感情を昂らせていき、半ば自棄になった。いっそはっきり引導を渡してもらったほうが楽になれる気がした。

「だって、僕を抱いてどうこうしたいなんて、須藤さんは絶対に思わないでしょう？」

わざとあけすけな物言いをする。

きっと面食らって鼻白むに違いないと覚悟していたが、須藤は穏やかな笑みを浮かべたまま気恥ずかしげに瞬《まばた》きしただけだった。

「きみを不愉快にしたら申し訳ないんだけど、実は、そういうこともときどき想像してみている」

言いにくそうに、だが、いたって正直そのものに告白され、むしろ面食らったのは充彦のほうだ。

「嘘だ、そんな」

「どうして？」

もともと須藤には世間一般の常識が通用しない、少々ずれたところがある。俗世を超えた感覚をときどき持っていて、飄々《ひょうひょう》とした雰囲気はこのあたりからもきているのだと思う。

真面目な顔で聞かれた充彦は返事に詰まり、困惑した。

「僕だって生身の人間だからね。まだ枯れてないし。欲しいなという気分になったとき、どういうわけかあれ以来きみの顔が浮かぶんだ」

須藤は何も隠し立てする気はないようにさらりと言う。あまりにも涼しげな口調なので、内容のきわどさが薄れ、ごく普通の会話をしているように感じられる。

「キスの感触がまだ唇に残っていて、逆のことを考える」

「逆、ですか？」

ああ、と須藤は頷く。

平常は超俗的な印象が強くて欲などまるで感じさせない須藤が、急に雄を意識させる色香を纏ったようでゾクリとした。充彦をひたと見据えるまなざしにも熱が籠もっている。

「僕がきみにああいうことをしたら、きみはどんなふうに反応するのかなと、何度も想像してしまったよ」

「でも、実際にできますか……？」

思わず突っ込んで聞くと、須藤は唇の端を上げ、まんざらでもなさそうな顔をする。

「じゃあ、試してみる？」

本気ですか、と喉まで出かけたが、充彦は寸前で押しとどめた。

こんなときに冗談を言うほど須藤は悪趣味ではない。聞くまでもなかった。

「行こうか」

須藤は充彦を促し、伝票を取って席を立つ。

充彦も慌てて須藤の後を追っていく。

急な展開に頭がついていかない。

自分は何かとんでもない勘違いをしているのではないか、夢でも見ているのではないかと半信半疑で、この先どうなるのか予測するのも憚《はばか》られた。あまりにも自分に都合よく考えてしまいそうで、そんなにうまくいくはずがないと理性が囁《ささや》くのだ。

2

喫茶店で充彦と向き合ったときから、須藤にはもしかすると今夜こうなってしまうかもしれない予感はあった。

地下鉄に乗って須藤が一人暮らししている部屋に充彦を連れてきた。

会社が世話してくれた物件で、築四年のまだ綺麗なマンションだ。2LDKの間取りは会社勤めの独身者には十分すぎるほど広い。引っ越し後すぐに田原支社長がふらりと様子を見に来て、名古屋でまたいい嫁さんが見つかるかもしれないからこのくらいの物件がちょうどいいだろ、と冗談とも本気ともつかぬ調子で言っていた。

よもや田原も須藤が初めて自分から誘った相手が同性の元直属の部下だとは想像もしないだろう。

須藤自身、自分にここまでの積極性があったことに驚いている。

年末に充彦と会ったとき、思いの丈をぶつけるようなキスをされ、咄嗟に充彦を押しのけてしまったが、決して嫌悪したからではなかった。本当はその反対で、気持ちよく感じて酩酊《めいてい》しそうになった自分に動顚したせいだ。あともう少し続けていたら下半身に変化が訪れたかもしれない。ただ唇を押しつけられて啄《ついば》まれただけであんなふうに感じてしまったのは初めてだ。

あの夜から須藤は充彦をそれまで以上に意識するようになった。

名古屋と東京に離れていて、会うことはおろか電話で話をする機会さえなかったにもかかわらず、充彦のことを思い出さない日がなかった。

俊紀、と呼んでいたあのたいそう見栄えのする、性格も申し分なさそうな男の存在が頭にちらつき、居ても立ってもいられないほど気になりだした。彼と須藤を鉢合わせさせてしまってバツが悪そうに俯きっぱなしだった充彦の心境を考えるにつけ、ざわざわと胸が騒ぎ、不穏な気持ちでいっぱいになる。

充彦は須藤を好きだと言い、ときどき箍が外れたように情動的な行動に出る。

須藤はそれに翻弄され、どう受けとめればいいのかわからずたじろぐばかりだが、そのために充彦がほかの男に体を任せて寂しさやせつなさを埋めようとしているのかと思うと、なんとも理不尽な気がして、もやもやする。それくらいなら自分がと一足飛びに考え、はっとして冷静になることが何回かあった。

充彦がべつの男に抱かれているのだと想像すると、苛立ちが募り、苦々しさを覚える。

これはもう間違いなく嫉妬だ。妻にも、学生時代や結婚前にちらりと付き合った女性たちの誰にも抱いたことがなかった感情だが、知らなかったわけではない。胸が焦げつくように痛み、手をこまねいて見ているだけの自分が腑甲斐なくて腹立たしい。

相手に好きだと告白されてから意識し始める、じぶんのほうもだめではないから付き合うことを承知する、そうやって恋愛関係になるのがこれまで須藤の常だった。心はいつも穏やかで、一人でいるときと心境に変化はなかった気がする。そのため、別れを切り出されても特に動じなかったし、相手が望むならと、付き合い始めるとき同様に了承してきた。さすがに結婚までした妻とのときには生活スタイルそのものが一度大きく変わっていたし、お互いの家族や世話をしてくれた仲人をはじめとする周囲の存在もあって、悪いことをしたと落ち込んだが、書類上の手続きが終わると一段落した心地になった。

自分は冷たい人間だ、他人を心の底から愛することなどできないのではないか、そう思っていた。

愛とか恋などという感情とはもしかしたら無縁なのでは、と諦めかけていたところに充彦との一件があり、俊紀に嫉妬する自分に気づかされ、最初のうちは戸惑った。

充彦は自分と同じ男だ。同性を性的な意味合いを含めて好きになったことはなかったし、考えもしなかった。

勘違いではないのかと当然疑い、忘れようとした。

しかし、充彦と俊紀のことが頭から離れない。

胸のざわめきは日に日に強くなり、あらぬ事を想像するたびに平静でいられなくなって、いっそ一度受け入れてみたらどうなのだと思い始めた。

そうなると俊紀の存在がますます引っかかりだし、みすみす充彦を彼の手に渡したことが後悔されて仕方なくなった。須藤が充彦を拒絶して傷つけたために充彦は俊紀のほうに行ったのだ。充彦を責める資格はない。

今さら自分の気持ちを悟っても、充彦がすでに俊紀を選んだのなら、好きだと告げるのはやめておいたほうがいいだろう。充彦を混乱させ、二人の間によけいな波風を立てることになりかねない。やすやすと納得できたわけではないが、何事にも縁のあるなしは働く。須藤なりの大人の判断だった。

だが、そのせっかくの決意も、一ヶ月半ぶりに名古屋に出張してきた充彦と会うなり脆《もろ》く崩れてしまった。

久しぶりに充彦の顔を見て、これまで感じたことのない熱い感情が腹の底からふつふつと湧いてきて、このまま何事もなかったかのようにして別れることができなくなった。

前からほっそりしていたが、輪をかけて痩せ、やつれたようで気になった。精力的に仕事をしていることは耳に入ってきていたが、活き活きとした印象はあまり受けず、どちらかと言えば仕事に逃げている感じがした。

放っておくには忍びず、迷った末に帰り際声をかけた。へたをするとお互い傷を広げる結果になるかもしれないと危惧しないではなかったが、話をしないままでいるといつまでも踏ん切りがつかない気がして思い切ったのだ。

充彦の口から俊紀とのことを「別れました」と聞かされたとき、須藤はなんとも言いがたい気持ちになった。

一瞬の沈黙を充彦はどう受け取ったか知らないが、須藤の心の中は、驚きと嬉しさに加え、己の性格の歪みように対するきまり悪さ、充彦の気持ちを慮っての当惑などがごっちゃになっており、冷静でいられなかった。

これはもう腹を括るしかない。今夜自分の気持ちに素直にならなければ一生後悔する。須藤はありったけの勇気を掻き集めて決意した。

そうして大胆にも充彦をホテルに送り届けず自分の部屋に連れ帰ったのだが、問題はここからだ。

「お風呂、入るだろう？」

「は、はい……あの、できれば」

お互いいい歳をしていながら、滑稽《こっけい》なほどぎくしゃくしてしまう。

こんな初々しく気恥ずかしい雰囲気は初体験のとき以来だ。いや、もしかすると、高校生だった頃以上に今のほうが緊張しているかもしれない。初めてのときでもここまで心臓が動悸を激しくすることはなかった。

こうしたシチュエーションに慣れていないからというより、誰かに本気になって真剣に欲しいと感じたのは初めてだからではないかと思う。

充彦を浴室に案内したあと、マンションのすぐ前にあるドラッグストアまで買い物に出た。五分で戻ってきて、寝室でベッドのシーツを替える。

なんだか生々しいことをしている気がして面映ゆい。何が必要か考え、準備する自分がいやらしい欲の塊のようで、充彦に退かれはしないだろうかと不安にもなる。こういうときの気持ちは相手が同性でも異性でもたいして変わらない。須藤はその点に関してはあまり深く悩んでいなかった。ベッドに入れば自然となるようになりそうな気がする。

充彦は二十分ほどかけて風呂から上がってきた。

持参した長袖《ながそで》のTシャツを寝間着代わりに身に着けている。下は須藤が貸したスウェットパンツだ。首筋に目をやると、薄く色づいた湯上がりの肌が艶めかしい。情動が込み上げ、体が熱くなる。

「僕も軽く体を流してくる」

須藤は充彦に缶ビールを渡し、入れ違いに浴室に向かった。

湯気と石鹸《せっけん》の香りが籠もる中、体を丁寧に洗ってシャワーで流す。

充彦の裸を想像するだけで性器が硬くなる。自分の体が同性相手に如実に反応することが不思議だった。だが、たじろぎはしない。充彦を抱けることが嬉しく、いざというとき役に立つだろうかという心配が減った。

パジャマに着替えてリビングに行くと、充彦はソファに座ってテレビを見ていた。手には缶ビールを持っている。

「ニュース？」

「あ、チャンネル替えますか？」

「いいよ、べつに」

須藤は首に掛けたタオルで顔の汗を拭いつつ、充彦の隣に腰を下ろした。充彦の体に軽く緊張が走るのがわかる。

あと数センチ詰めれば肩や腕が触れ合うほどの近しい距離だ。なりふりかまわず抱きついてきたりキスしたりしてくるときと、理性を保って相手の出方を見守っているときとの印象があまりにも違って面白い。どちらの充彦も可愛いと思い、目尻が下がる。

「それ、まだ入ってる？」

須藤が聞くと、充彦は「は、はい」と身を硬くしたまま答えた。

「貸して」

須藤は充彦の手から飲みかけの缶を取り、ビールを飲む。

充彦は食い入るように須藤を見つめていた。

視線が熱い。煽《あお》られ、胸を焦がされる。欲情に火がつく。

「そんなふうに見るもんじゃないよ」

須藤は空になった缶を潰してローテーブルの上に置くと、充彦の背中に腕を回して抱き寄せ、荒々しく唇を塞《ふさ》いだ。

ひゅっ、と充彦の喉が鳴る。声になり損ねた驚愕の喘ぎを息ごと奪い、薄く開いた唇の隙間から舌を差し入れる。

うう、とくぐもった声がさらに洩《も》れた。

いきなりのディープなキスに意表を衝かれたようだ。

尖り気味の顎が小刻みに震える。

長く反り返った睫毛もひっきりなしに揺れているのが目の隅に入る。

充彦の唇は柔らかくて弾力があり、触れ合わせているだけで気持ちがいい。

体中どこもかしこも感じやすいらしく、唇を舌先でなぞったり、啄んで軽く吸い上げただけでもたまらなさそうに身動いだ。

口腔に忍ばせた舌であちこち舐《な》め回し、擽《くすぐ》り、溜まった唾液を掻き混ぜる。

充彦は喉の奥で感じ入った声を立て、須藤にぎゅっと抱きついてきた。

キスを続けながらTシャツの裾《すそ》から手を入れ、充彦の背を直《じか》に撫でる。

滑らかで手のひらに吸いつくような肌だ。女性のような丸みや柔らかさは感じないが、温かくしっとり汗ばんだ感触は須藤の興奮を増幅させた。

濡れそぼった唇をいったん離し、須藤は充彦の潤んだ瞳を覗き込む。

「僕が抱くほうでいいのかな？」

充彦は羞恥《しゅうち》にいたたまれなさそうに控えめに頷いた。

艶っぽく美しい顔をぐしゃっと歪ませたので、須藤は充彦が感極まって泣くのではないかと思った。無理をせず全部露にしてくれてよかったのだが、充彦は最後の最後で意地を出す。

須藤は征服欲まで掻き立てられた。

もっといっぱい泣かせて縋りつかせたい、なりふりかまっていられなくなるまでよがらせて、好きと言わせたい。そんな欲求に駆られる。これが肉欲からきているだけの衝動なのか、それとも気持ちを伴ってのものなのか、じっくり確かめ、見極めたかった。

3

須藤の部屋に来たときから充彦の心臓はいつおかしくなっても不思議はないほど鼓動を速めていたが、ソファで抱き寄せられて貪るようにキスされたときには、驚きのあまり一瞬心臓が止まりそうになった。

まさか須藤がこんなふうに激情に駆られたかのごとく迫ってくるとは想像だにしていなかった。もっと上品で礼儀正しい、ゆっくりと静かに昂揚《こうよう》していくようなセックスの仕方をするのだとばかり思っていて、充彦のほうから誘ったほうがいいのではないかとタイミングを見計らっていたのだ。

舌を搦《から》め捕られて口腔を蹂躙《じゅうりん》される淫靡《いんび》なキスに充彦はあっという間に酩酊し、頭の芯が痺《しび》れてきた。

湯で温まった素肌に直に手のひらを這《は》わされ、全身がビクビクと敏感に反応する。

自分のほうが充彦を抱いていいのか、と聞いてきたときの須藤の声の色っぽさは反則だった。充彦は官能を刺激されてゾクリとし、キスで欲情して感情が昂り、理性の箍が緩んでいたせいもあって、もう少しで落涙しそうになった。

几帳面でこまめな性格の須藤らしく部屋は綺麗に片づいていたが、寝室も例外ではなく、セミダブルサイズのベッドには真新しく清潔なシーツが掛けられていた。

裸になってベッドに横たわると、すぐに須藤が覆い被《かぶ》さってきた。

肌と肌とが密着し、お互いの体温と匂いを感じ合う。

それだけでも胸がジンと熱くなるほど幸せで、今度こそ充彦は目尻に小さく透明な粒を浮かばせた。

須藤とこんなふうになれるなど夢のようだ。

「……本当に、いいんですか……こんなことしてもらって……？」

充彦は自分にまったく自信が持てず、この期に及んでそんな質問をおずおずとしてしまう。

「僕がしたくてしているのがわからない？」

フッと苦笑して、須藤は充彦の太股《ふともも》に下腹部を押しつける。

硬く熱を孕んだ性器が当たり、充彦はじわっとはにかんだ。

感じてくれている。欲しがってくれている。決して同情などではなく、須藤も充彦とした がってくれているのだと確信できて喜びと安堵が湧いてくる。

須藤の手が、唇が、充彦の全身をまさぐる。

首筋から鎖骨へと辿り下り、両胸の粒を丹念に弄《いじ》られる。

乳暈《にゅううん》ごと摘《つま》んで乳首を指の腹で括り出され、尖らせた舌先で舐めたり擽ったりされたか と思うと、唇をつけて強く吸い上げられる。

「ンンッ……！　あ、あぁぁっ」

感じやすい乳首への執拗《しつよう》で容赦ない愛撫《あいぶ》に充彦は顎を仰け反らせて淫《みだ》らな声を放ち、須藤 の二の腕を摑んで爪を立てた。

苛《いじ》められて充血し、物欲しげに勃った乳首をさらに指で磨《す》り潰すようにされると、電気を 流すスイッチを入れられるかのごとく猥《みだ》りがわしい刺激が脳天から爪先まで駆け抜ける。

「い、いやっ……いやっ」

ぷっくりと膨らんだ乳首を甘噛みされた途端、それまでピンと引き攣《つ》ったように伸びていた足の指がわななくように蠢《うごめ》いた。

須藤にされているのだと意識すると、いつもの何倍も感じてしまう。

脇やへそにも指と舌を走らされ、弱みを見つけ出しては丁寧に愛される。

触れられもしないのに性器の先端が濡れだし、下生えは汗で湿ってきた。

柔らかな陰毛を須藤の上品に動く長い指に搦め捕られ、先走りを滴らせた陰茎を口に含まれる。

深々と咥《くわ》えて強弱をつけて巧みに吸われ、充彦は「はあぁ……っ」とあえかな声を洩らして身悶えた。

腰を浮かせて内股を小刻みに痙攣《けいれん》させ、汗ばんだ顔を腕で隠す。

気持ちがよくて、よくて、すぐにでも射精してしまいそうだ。

須藤にも充彦の絶頂が近いことがわかるのか、促すように括《くび》れや先端の隘路《あいろ》に舌を閃《ひらめ》かす。

「ああ、だめ……、だめ！」

怺《こら》えようにも、ここしばらく自慰をする気にもなれなくて出していなかったため、理性を保てなかった。

「い、斎さん、だめ、離して……っ！」

せめて口の中に放つのだけは避けようとしたが、須藤は頭を動かさず、充彦は間に合わなかった。

全身を突っ張らせ、嬌声を上げて達する。

須藤は躊躇いもせずに充彦の精を口に受け、濡れた口元を拭いながら身を起こした。シーツにぐったりと身を投げだし、息を乱したまま余韻に浸っている充彦の唇に軽くキスして、ふわりと微笑む。

「……すみません、我慢できなくて」

充彦は羞恥のあまり消え入りそうな声で謝った。

「どうして？」

須藤は充彦の汗ばんだ体に寄り添い、耳朶《じだ》にやんわりと歯を立てる。

達した直後は些細《ささい》な触れ合いにも体が過敏に反応する。

充彦は淫らな息をつき、須藤の胸板に顔を埋めた。

「斎さんは、ときどきとても意地悪ですよね」

「そんなことないと思うけど」

屈託なく返した須藤は、充彦の髪に指を差し入れ、頭皮を優しく愛撫する。

生え際にも指の腹を使われ、心地よさに満ち足りた息をつく。

「さすがにこんなことしたのは初めてだけど、悪くなかったよ」

「僕の、男のあれ、触っても平気なんですか」

「今さらそんなこと聞くの？」

須藤は充彦の顔を覗き込んでおかしそうに揶揄《やゆ》する。

「きみは可愛いよ」

口先だけではなく本心からそう思ってくれているのが感じられ、充彦はくすぐったさに睫毛を瞬かせた。

「僕も、していいですか」

気恥ずかしさを紛らせるため、今度は充彦が須藤の下半身に顔を伏せる。

須藤は嫌がることなく枕に頭を預け、開いた足の間に充彦の体を置かせた。

股間に生えた須藤の性器は想像以上に大きく、充彦は感嘆した。

握り込んで上下に扱《しご》くとみるみるうちに硬くなり、さらに猛々《たけだけ》しさを増す。

先端から零れる雫《しずく》を舌で舐め取ると苦み走った味がした。それが充彦の欲情に火をつけ、なりふりかまっていられない心地にさせられた。

須藤を悦《よろこ》ばせ、達くところを見たい。情動に衝かれ、須藤の雄芯を口にして、喉に当たるほど深く含み込む。

頬の内側で昂りを抱き締め、濡れた舌を纏い付かせ、竿《さお》全体を強く吸う。

頭上で須藤が低く呻《うめ》く声が聞こえた。

感じさせられていることがわかって充彦はいっそう熱心に口を動かした。

右手では付け根に重く垂れた袋をやわやわと揉《も》みしだく。

「……っ、あ……充彦」

充彦の名を呼ぶ須藤の声に官能を揺さぶられる。

カタンとサイドチェストの抽斗《ひきだし》を開ける音がした。須藤が腕を伸ばして何か取ったようだ。

充彦は気にせず口淫を続けた。

先走りの量が増え、味も濃くなってきた。

絶頂が近いことは須藤の引き締まった腹がひっきりなしに上下して、解き放つ瞬間を延ばすべく耐えている様子から察せられる。

「充彦、充彦、もう、そこまでだ」

途切れ途切れに須藤が制止を求めてくる。

切羽詰まった声音に色香を感じ、背筋がゾクゾクする。

本当は須藤にも最後まで達ってほしかったが、頭を両手で掴まれて顔を上げさせられ、やむなく猛ったままの陰茎を口から出した。

唾液を纏ってぐっしょりと濡れそぼった性器がたまらなく淫靡《いんび》だ。

「きみの中に入りたい」

須藤もまた欲情した目で充彦を見る。

見つめられるだけで全身に悦楽の震えが走り、鳥肌が立つ。

「前からと後ろから、どっちでしたほうがきみは楽？」

率直に聞かれ、充彦ははにかんだ。

あけすけな物言いをしても下品にならず、興醒めするどころかかえってその気にさせられるのだから不思議だ。他の人には感じない独特の魅力に惹きつけられる。

「どちらでも……僕は、大丈夫です」

充彦はたどたどしく返した。須藤の好きなようにしてもらえたら本望だ。

「じゃあ、きみの顔を見ながらしよう」

もう一度達くところが見たいと言われ、充彦は頰を火照らせた。

シーツの上に仰向けに横たわる。

須藤は充彦の太股を押し広げ、再び兆してきた性器を左手で摑んで擦《こす》りつつ、尻の奥に右手の指を潜らせてきた。

男同士がどこを使って繫《つな》がるのか知っているらしい。

迷いのない指が窄《すぼ》まりを探り当て、乾いた襞《ひだ》を優しく撫でる。

充彦は微かに喘ぎ、潤んだ瞳で須藤を見上げた。

「こんな小さなところに本当に入る？」

心配そうに聞く須藤に充彦は恥じらいながら「たぶん」と答えた。

「……しばらくしてないから、きついかもしれませんけど、慣らせば」

慣らすのは自分でしてもいいつもりでいたのだが、須藤は心得た様子で頷くと、枕元から潤滑剤入りのプラスチックボトルを手に取った。

「それ……」

「さっき買ってきた。あったほうがいいだろうと思って」

「斎さんって……案外、用意周到なんですね」

こういうことに関してはもう少し不器用な印象があったので意外さを隠せない。しかし、考えてみれば、あれだけそつなく仕事をこなし、社内では昇進の早いほうなのだから、このくらい先回りして調えておくくらい当然なのかもしれない。

「僕だってそれなりに経験を積んだ計算高い大人だからね」

須藤は小気味よく唇の端を上げて言い、充彦の足をさらに大きく開かせた。

潤滑剤をたっぷりと垂らした指が充彦の秘部を丹念に濡らしていく。

襞の一本一本に塗《まぶ》され、ときどき内側まで爪の先が入り込んでくる。

そのうち窄んだ襞がヒクヒクと物欲しげに収縮し始め、奥が疼きだしてきた。

「も……欲しい、欲しいです……」

充彦は欲情に掠れた声ではしたなくねだり、須藤の肩に手をかけた。

猥りがわしくひくつく秘部に須藤の硬く張り詰めた先端があてがわれる。

羞恥に目を閉じ、体の力を抜いたところを見定めて、ぐっと腰を突き入れられる。

「ああっ」

柔らかく解《ほぐ》れた襞を抉《えぐ》って太いものが穿《うが》たれる。

嵩張《かさば》った熱棒はそのままゆっくりと奥まで押し進んできて、狭い器官をみっしりと埋め尽くす。

内壁をしたたかに擦られ、充彦は顎を仰け反らせて身悶えた。

浅い呼吸を繰り返す合間に、抑えきれずに乱れた声を洩らして喘いだ。

須藤は時間をかけて充彦の中に猛った雄芯を根元まで埋めた。

ズンと最後に深いところまで届いた先端で奥を一突きされ、充彦はあられもない嬌声を上げて須藤の背中に縋りつく。

淫らな部分をいっぱいに広げられ、息をつくたび深々と入り込んでいる須藤の一部を意識する。

苦しさと悦楽が綯《な》い交ぜになった感覚に充彦は啜り泣きした。

ずっと好きで、欲しくて、だがそれは高望みしすぎだと自分を戒めてきたことが、現実になっている。しっかりと須藤と繋がり合っていることを身をもって感じ、気持ちが昂るあまり涙が零れた。

「辛い？」

珍しく須藤が狼狽えた顔をする。

充彦は慌てて大きく首を振った。

体を動かすと腰からビリリと痺れるような鈍痛が走る。

官能にまみれた甘い痛みに充彦は「んんっ」と唇を噛んで呻き、ぎゅっと須藤の逞しい陰茎を引き絞った。

「……斎さん、大きい……すごい」

「きみが可愛すぎるせいだと思うよ」

充彦が大丈夫だとわかって須藤も軽口を叩く余裕を取り戻したらしい。

充彦は須藤の首に腕を回し、キスをねだった。

閉じた瞼《まぶた》の上に温かな唇が下りてくる。

続けて唇にも口づけられ、充彦は満ち足りた息をついた。

「動いていい？」

色香の漂う声で耳元に囁きかけられる。

ぞくっと顎を震わせ、はい、と充彦が返事をすると、須藤は張り詰めた陰茎をいったん引いて、勢いよく突き戻した。

「アアアッ」

脳髄を掻き回されたような快感に見舞われ、乱れた声を上げる。

充彦の尻に腰を打ちつけながら須藤も心地よさそうに表情を蕩《とろ》けさせる。

緩急をつけた絶妙な抽挿を繰り返され、充彦はどんどん昂らされていった。

抜き差しされるたびに喜色を帯びた悲鳴が口を衝く。

奥を責めながら須藤は充彦の尖った乳首にもぬかりなく愛撫を施した。

甘嚙みし、捏《こ》ね回し、吸い上げて舌先を開かす。

下腹に挟まれた性器も、腰の動きに合わせて刺激を受け続け、先走りを滴らせていた。

「ああっ、もう、イク……、いきそう……！」

「充彦……っ」

最後は須藤とほとんど同時に達した。

その瞬間、頭の中が真っ白になり、意識が飛んだ。

法悦の渦に巻き込まれ、何がなんだかわからなくなった。

軽く失神していたらしく、気がつくと毛布を掛けた状態で須藤の腕にしっかり抱かれていた。汗ばんだ肌をくっつけ合い、身も心も満たされた至福の時に浸る。

どちらも言葉は発しなかった。

沈黙が心地いい。

須藤の指が充彦の髪を慈しむように撫で、弄ぶ。

充彦は須藤の足に自分の足を絡め、綺麗に筋肉をつけた胸に顔を埋《うず》め、やがて訪れた穏やかな眠りに身を委ねた。

4

コーヒーの芳香に鼻をくすぐられ、目が覚めた。

はっとして起き上がる。

とても幸せな夢を見ていた気がしたが、馴染みのない部屋を見回して、昨夜のことが全部実際に起きたことだと思い出す。

充彦は全裸だった。

反対側の壁につけて置かれた書きもの机の椅子の背に、Tシャツとスウェットパンツが掛けてある。

とりあえずそれを身に着け、寝室を出た。

ドアを開けるとリビングダイニングで、オープンカウンターの向こうにあるキッチンに須藤が立っているのが見えた。

「お、おはようございます」

須藤の姿を目に入れるなり昨晩自分が晒した痴態が脳裡に浮かび、羞恥にいたたまれなくなりかけたが、いつもと変わらぬ爽やかな笑顔に迎えられて気を取り直す。

「おはよう」

すでに須藤はきっちりと身支度を調えていた。

糊《のり》の利いた真っ白いカッターシャツに上品な臙脂《えんじ》色をしたソリッドのネクタイ。端麗で気品の漂う佇まいが今朝は格別眩《まぶ》しい。

「そろそろ起こそうかと思っていたところだった」

「すみません、お気遣いいただいて」

一夜明けると充彦はまたぎこちなく須藤と言葉を交わしていた。須藤との距離感が摑めず、馴れ馴れしくするのが躊躇われたのだ。ベッドの中と同じようには甘えられない。あれは単なる気まぐれ、一時的に慰め合っただけのことかもしれず、充彦には自信が持てなかった。

「シャワー浴びておいで」

須藤に促され、充彦は従った。

手早く体を流し、奥を清める。

情事の痕跡《こんせき》はあちこちに残っていた。さんざん擦り立てられた秘部はもちろん、弄られて何度も泣かされた乳首も腫れたように凝ったままで、軽く指を掠めさせただけでビリッと疼きが生じる。肌を吸われたところはうっすらと鬱血し、花弁を散らされたように艶めかしいことになっていた。それら一つ一つに指を辿らせ、愛しさを覚える。

洗面所を使わせてもらい、ネクタイを締めて身支度をしてリビングダイニングに戻ると、すでにテーブルには朝食が用意されていた。

「座って」

何も手伝うことはないと須藤に椅子を勧められ、恐縮しながら席につく。

須藤もすぐに向かいに座った。

トースターで焼いた食パンとスクランブルエッグ、ソーセージ、グリーンサラダ、そして
コーヒーと、絵に描いたような食事が並んでいて、充彦は感心した。

「いつも、朝からこんなにちゃんとするんですか？」

「時間があるときだけだよ」

充彦のマグカップにサーバーに落としたコーヒーを注ぎつつ須藤はさらりと答える。

「今朝はね、四時に目が覚めて、気分がとてもよかったものだから」

「四時……ですか」

そう、と須藤は意味深なまなざしを充彦にくれる。

「しばらくきみの寝顔を見て、昨夜のことをいろいろ思い出していた」

「や、やめてください、須藤さん」

充彦は羞恥に襲われて動揺し、落ち着きなく体を動かした。

情事の最中には斎さんと自然に呼んだが、それも今思い返すと恥ずかしい。

狼狽えて赤くなったり青ざめたりする充彦を優しく見つめ、須藤は続ける。

「きみのこと、とても可愛いと思ったよ。僕はセックスであんなにいい思いをしたのは初め

てだ。本当はもっとしたかったけど、きみは九時発の新幹線、僕は通常どおり出勤だから我慢した」

朝からするには濃厚な会話だったが、いやらしさをまったく感じさせないのが須藤斎という人だ。

充彦は須藤を見つめ、ふつふつと恋情を湧かせた。

一度寝たら少しは落ち着けるかもしれないと思ったこともあったが、須藤に対する気持ちはそんな簡単なものではないことを痛感させられただけだった。

ましてや、須藤のほうにも少しは充彦を受け入れてくれそうな兆しが見えている今、このままなかったことにするのは難しすぎた。

「きみは、遠距離恋愛はしたことがある？」

一足飛びに須藤に聞かれ、充彦は目を瞠り、咄嗟に返事ができなかった。

「きみが東京で僕が名古屋勤務の状態が続く限りそういうことになるけれど、それでももしきみが僕と付き合いたいと言ってくれるのなら、そうしようか」

須藤は正面切って充彦の顔をひたと見据え、真摯な態度でそう言った。

信じられない。

充彦は歓喜に打ち震える心臓を持て余すあまり、震える指でマグカップを持ち上げ、コーヒーに口をつけた。

酸味と苦みのバランスがちょうどいいブレンドコーヒーの味が舌に広がる。

丁寧に淹れられたコーヒーのほろ苦さを味わいながら、須藤がくれた甘い囁きが充彦の胸を満たすのを感じる。

「もし、きみに迷いがあるなら、やめておいたほうがいいかもしれない」

決して楽な恋ではないと須藤も覚悟しているのだ。

その上で、芽生えたばかりの気持ちを一緒に育てていかないかと言ってくれている。

甘いばかりではない大人の恋——だが、須藤とならばできると、充彦は確信した。

「一時、自分を見失っていたときもありましたけど、僕の気持ちはずっと変わっていません。斎さんがこんな僕でも受け入れてくださるなら、遠距離でもなんでも、僕は大丈夫です」

充彦は須藤の澄んだ目を見て誓った。

「ありがとう」

須藤は立ち上がり、充彦に向かって右手を差し出してきた。

充彦も慌てて椅子を引いて立ち、須藤の手を握る。

「じゃあ、あらためまして、よろしく」

「はい」

充彦は瞳を霞ませてくぐもった声で答え、嗚咽《おえつ》が零れるのを防ぐように手を口に宛《あて》がうと、恋の始まりを噛み締めた。

あとがき

このたびはルチル文庫さんでの初めての書き下ろし作品となります本著をお手に取っていただきまして、どうもありがとうございます。

私にしては珍しく地に足のついた普通の人々の話を書かせていただきました。

実は前から一度こうした感情の流れを少しずつ追いかけていって恋愛を描くような話が書きたいと思っていましたので、今回念願叶って嬉しいです。

最近はプロットを立ててもそこから少しずつずれていって、修正しながら書く作品が多いのですが、この話に関してはむしろ反対に、道を逸れそうになったらプロットを読み返して軌道を戻す形で進めるほど、我ながら最初に立てたプロットが二人の感情の流れ的に的確な気がしていました。

普通のサラリーマン同士の地味で臆病で迷ってばかりの恋愛模様、お楽しみいただけますと幸いです。遠野春日ってこんな作品も書くんだなぁと思っていただければ二重の喜びです。ぜひ感想等お聞かせくださいませ。

イラストは麻々原絵里依先生に描いていただくことになり、感激しております。麻々原先生の描かれるスーツ姿の男性はまさに今回の作品のイメージどおりで、勝手に脳内でビジュアルを想像しながら執筆していました。

本になって実際のイラストを拝見するのが楽しみです。

お忙しい中お引き受けくださいまして本当にありがとうございました。

そして、本作を脱稿するまで辛抱強くお付き合いくださいました担当様、その節はいろいろとご迷惑をおかけしまして申し訳ありませんでした。こうして一冊書き上げることができましたのも担当様の励ましがあったからこそだと感謝しております。今後ともよろしくご指導いただけますと幸いです。

本著の制作にご尽力くださいましたスタッフの皆さまにも深くお礼申し上げます。どうもありがとうございました。

猫を飼い始めてからというもの、二泊以上の外出とは縁遠くなり、このところどこにも旅行していません。大阪や名古屋にイベントや観劇などで出かけるにしても一泊もしくは日帰りで、ほとんどトンボ帰り状態です。

シッターさんをお願いすれば三泊くらいまでならなんとかなりはするのですが、その間うちの子がみぃみぃ啼いて待っているんだと思うと気になって気になって、それくらいならもう行かなくていいやとなるのです。家庭の事情でどうしても実家に帰らねばならず、四日間留守番させたことがあるのですが、やっぱり最後二日くらいはシッターさんが帰ろうとすると後追いして啼いてたらしく、レポートを読むだけでせつなくなりました。ごめんねーって。そんなこんなで自由度は低くなりましたが、猫をお迎えしたこと自体は本当によかったと思っています。可愛くて可愛くてもうでれでれです。癒されまくっています。

最近とうとうムービーカメラまで購入してしまいました。猫以外撮るものないのに、つくづく親バカです（照）。

基本的に長期にわたる旅行は諦めているのですが、そんな中、唯一無理をしてでも行ってみたいのがラスベガス。シルク・ドゥ・ソレイユのファンなので、ホテル内に特設されたシアターに「O」を観にいきたいのです。

いつか叶う日が来ればいいなぁと夢見つつ、今は「ZED」と「KOOZA」をリピートすることで自分を満足させています。

それでは、また次の本でお目にかかれますように。

ここまでお読みくださいましてどうもありがとうございました。

遠野春日拝

✦初出　ほろ苦くほの甘く……………書き下ろし

遠野春日先生、麻々原絵里依先生へのお便り、本作品に関するご意見、ご感想などは
〒151-0051 東京都渋谷区千駄ヶ谷4-9-7
幻冬舎コミックス　ルチル文庫「ほろ苦くほの甘く」係まで。

幻冬舎ルチル文庫

ほろ苦くほの甘く

2011年11月20日　第1刷発行

✦著者	遠野春日　とおの はるひ
✦発行人	伊藤嘉彦
✦発行元	株式会社 幻冬舎コミックス 〒151-0051 東京都渋谷区千駄ヶ谷4-9-7 電話 03(5411)6432[編集]
✦発売元	株式会社 幻冬舎 〒151-0051 東京都渋谷区千駄ヶ谷4-9-7 電話 03(5411)6222[営業] 振替 00120-8-767643
✦印刷・製本所	中央精版印刷株式会社

✦検印廃止

万一、落丁乱丁のある場合は送料当社負担でお取替致します。幻冬舎宛にお送り下さい。本書の一部あるいは全部を無断で複写複製（デジタルデータ化も含みます）、放送、データ配信等をすることは、法律で認められた場合を除き、著作権の侵害となります。

定価はカバーに表示してあります。

©TONO HARUHI, GENTOSHA COMICS 2011
ISBN978-4-344-82378-5　C0193　Printed in Japan

本作品はフィクションです。実在の人物・団体・事件などには関係ありません。

幻冬舎コミックスホームページ　http://www.gentosha-comics.net

「幻冬舎ルチル文庫」
大好評発売中

発行●幻冬舎コミックス　発売●幻冬舎

「幻冬舎ルチル文庫」
大好評発売中

遠野春日
「夢のつづき」

腹違いの兄・高倉義明の策略で、想いを寄せる友人・森下友臣に「接待」として体を差し出さなければならなかった聖司。兄弟の歪んだ関係を目の当たりにして戸惑うあまり、聖司を手厳しく拒絶してしまった友臣。互いへの想いを断ち切れないまま一年後に再会した二人は!? 聖司のやんごとなき「おともだち」茅島氏が登場する書き下ろし短編を収録。

イラスト
陵クミコ
580円(本体価格552円)

発行●幻冬舎コミックス　発売●幻冬舎

「幻冬舎ルチル文庫」
大好評発売中

遠野春日
『茅島氏の優雅な生活 1』
イラスト
日高ショーコ
580円（本体価格552円）

桁外れの資産家だが孤独な青年・茅島氏の心を初めて捉えたのは庭師の「彼」。嵐の夜、突然アパートに押しかけてきて告白する茅島氏に、つい意地悪をしてしまう庭師だが、世俗にまみれない茅島氏の素直さに次第に惹かれてゆく。美しいイングリッシュガーデンに囲まれたお屋敷を舞台に、庭師×主人の恋を描く人気作。単行本未収録作を加えて文庫化!!

発行●幻冬舎コミックス　発売●幻冬舎

「幻冬舎ルチル文庫」
大好評発売中

発行●幻冬舎コミックス　発売●幻冬舎

「幻冬舎ルチル文庫」
大好評発売中

『茅島氏の優雅な生活3』
遠野春日
イラスト 日高ショーコ
580円(本体価格552円)
風変わりな資産家・茅島氏とお抱え庭師の青年は秘密の恋人同士。夏休み、祖母の七回忌のため帰省する庭師にこっそりついてきてしまった茅島氏。庭師はやむを得ず実家に茅島氏を泊めることにしたが、今はまだ自分達の関係を家族に打ち明ける時期ではないと考える。しかし妹の倫子だけは何かを感じたようで!? 単行本未収録短編も加えて文庫化!!

発行●幻冬舎コミックス　発売●幻冬舎